Westwärts fließt der Fluss

Eva   Frieko

Theresa schreibt ihre Erinnerungen in ein
Tagebuch. Das ist alles, was blieb. Sie
zahlte einen hohen Preis für ihren Wunsch
nach Freiheit. Ihre spontane Flucht allein
mit ihren Kindern über die DDR- Grenze
im Jahr 1988 büßte sie mit dem Verlust
ihres Unterschenkels. Ihr Mann Günther
blieb im Osten. Ein Jahr später war die
Todeszone Geschichte, die Mauer
verschwunden. Mit der Wiedervereinigung
finden sich beide in einer fremden Welt
wieder. Es ist nicht das, was sie sich
vorgestellt hatten. Die Vergangenheit holt
sie immer wieder ein Die Bilder in ihrem
Kopf verblassen, sie hält Fragmente ihres
Lebens fest, bevor der Drache in den

Schwanz sich beißt. Ein Tagebuch zweier
Welten Ost und West.

Impressum

Texte: Eva Frieko
Umschlag: Eva Frieko

Bibliografische Information der Deutschen
Nationalbibliothek: Die Deutsche
Nationalbibliothek verzeichnet diese
Publikation in der Deutschen
Nationalbibliografie; detaillierte
bibliografische Daten sind im Internet über
dnb.dnb.de abrufbar.

Herstellung und Verlag: BoD – Books on
Demand, Norderstedt

ISBN: 978-3-7519-5761-8

Für meine Kinder :

Sei du nur du

nur du

zart wie eine Blume

stark wie einer Eiche

frei wie ein Vogel

der, wenn es kalt wird

in die Wärme fliegt

aber immer wieder

zurück kehrt

„Der Drache in den Schwanz sich beißt,
...Mama, ich weiß etwas was du nicht weißt"

Die kleine sechsjährige Leonore, die Lena
gerufen wird, summt immer wieder diesen Reim
und blickt dabei geheimnisvoll drein.

Auf Drängen der Mutter verrät sie am 17. Juni
1988 ihr Geheimnis. Sie hat gehorcht und ein
Gespräch ihres Vaters mit seinem Vorgesetzten
belauscht.

Er befahl den Grenz-Zaun unter strengster
Geheimhaltung zu reparieren, sodass diese
Schwachstelle nicht bekannt würde.

Eine Rotte Wildschweine hatte ein tiefes Loch
unter den Stacheldraht gegraben und ein Teil des
Hochsicherheitszaunes wurde dadurch ein offenes
Tor zum Westen. Theresa reagiert unüberlegt auf
dieses Wissen .Sie packt einige Dokumente und
flieht im Schutze der Nacht mit den Kindern
Lena und Karsten nach West-Deutschland. Als
sie unbemerkt und unversehrt über die Grenze
gekrochen waren, tritt in ihrer Nähe ein
Wildschwein auf eine vergessene Land-Mine.

Das offene Tor zur Freiheit wird zum
Höllentor....

Theresa Mertens :Gedankenspiele...

5. August 2018

Obwohl eine Veränderung immer was positiv
Erfrischendes hat, so lässt man doch ein Stück
Leben hinter sich. Man überlegt, was ist wert in
die neue Umgebung mitgenommen zu werden?
Von welchen Dingen sollte man sich für immer
trennen? Sie haben es erraten, es handelt von
einem Umzug in eine andere Stadt. Der
Möbelwagen hat den größten Teil der schweren
Kartons und Kästen schon weggebracht. Ich sitze
im einzigen Lehnstuhl, der ausgemustert wurde
weil er leicht beschädigt ist und lese in meinen
Tagebuch-Eintragungen. Zufällig habe ich einige
Aufzeichnungen wieder gefunden.
Seltsamerweise befand sich das Heft in der Küche
inmitten eines Stapels von Kochrezepten, die ich
aufschrieb, aber nie ausprobierte. Wenn ich in
einem Magazin oder im TV neue Rezepte sehe,
sammle ich sie, um sie anschließend, wie ich zu
meinem Bedauern feststelle zu vergessen. Wie so
vieles wollte ich mich auch an einen Abschnitt
meines Lebens bewusst oder unbewusst nicht
mehr erinnern.

Meine Kinder Lena und Karsten glauben, es sei
Demenz und organisierten sogar eine Betreuungs-

Person für mich. War das richtig? Zuviel Fürsorge kann sich rasch in eine Form von Abhängigkeit entwickeln. Zum Glück haben sie das rechtzeitig erkannt und lassen mich mit ihren Ängsten um meine Person in Ruhe. Sie halfen mir sogar beim Packen und sind auch einverstanden, dass mein neuer Wohnort 150 km von ihrer Stadt entfernt liegt.

Tagebuch-Eintragung vom 20. Juli 2014

Der unsichtbare Fluss der Liebe befreit den Menschen und lässt sein Leid ertragen.

Ich kenne wohl den Ursprung dieses Kraftfeldes, jedoch finde ich keinen Trost darin.

Ein dumpfer Kanonendonner hinter den Bergen. Gelbschwarze Gewitterwolken warnen beständig, obwohl ihre Blitze noch weit entfernt sind. Ihr Leuchten kratzt in den Himmel bedrohliche Zacken. Mein Blick fällt auf eine Blume, die nackt und tot am Boden liegt. Längst sind die welken Blätter in den Staub gefallen. Das Kleid klebt schweißnass auf der Haut, die Hitze frisst den Atem. Der Lack ist an manchen Stellen der Haustür abgeblättert. Wunde Stellen mahnen vorwurfsvoll nach Farbe. Ich sehe es und sehe zu wie der Zahn der Zeit an meiner Haustür nagt.

Plötzlich: ein Donnerschlag! Wassermassen strömen vom Himmel wie vor langer Gefangenschaft befreit. Es blitzt und kracht, die Dachrinne läuft über, zu viel Wasser kann sie nicht ableiten. Sicher wird der Keller wieder überflutet sein und der modrige Geruch erinnert wochenlang an diesen Tag. Früher sagte ich immer, später, ja später mache ich dies oder das. Zum Beispiel: Später erkunde ich die Welt und besteige sogar die Pyramiden oder ich wandere allein über alle Berge, wohin, man wird sehen wohin der Wind mich treibt. Erst müsste ich den Grenz-Zaun überwinden. Das Tor zur Freiheit schien mir so herrlich wie ein Himmelstor.

Heute ist später und ich zittere ängstlich unter einem schützenden Hausdach und warte und hoffe auf das Ende des Gewitters und bin froh, im Trockenen zu sein. Ist hier mein Ziel, das Ende der Welt? Feigheit, Bequemlichkeit welche dieser Tugenden hat Schuld an zerflossenen Träumen? Ich springe heute über meinen Schatten, öffne vorsichtig die Haustür, zucke nach einem Blitz und Donnerschlag zurück. Mein Bein schmerzt, doch das ist einerlei, ich besiege meine Furcht und wage einem mutigen Schritt nach draußen.

Die Gassen sind leer, das Wasser fließt in Bächen über den Rinnstein, das Gewitter hat sich verzogen. Zurück bleibt warmer Sommer-Regen der meinen Körper und die Tränen wäscht. Ich humple zurück ins Haus und ziehe trockene Kleider an, meine Augen sind weiter auf die Straße gerichtet. Die Rückseite des Hauses gegenüber der Straße steht fensterlos wie eine Mauer da. Genauso als ob die Nachbarn beim Bau des Hauses dem Gegenüber beleidigt den Rücken gezeigt hätten. Bisher hatte ich das nie beachtet. Ich war gefangen im eigenen Spinnennetz meiner Gedanken. Plötzlich die Erkenntnis: Ich schaue und lerne: Sogar die Haustür mit Lackschäden lerne ich zu lieben, genauso wie die knorrigen Holzböden und die winzigen Räume. Eigentlich ist es ein Puppenhaus aus alter Zeit. Es ist das vertraute Gefühl von Heimat.

Die Wechselfälle des Daseins, die Stürme der Zeit und deren Untergänge warfen mich jahrelang hin und her, bis ich an diesem Orte hoffe, vielleicht sogar meinen Frieden zu finden. Schließlich aber, nachdem all die Augenblicke in Schweigen dahingegangen waren, schwemmte dieses Sommergewitter alles was bisher im Dunkel war, fort. Die Erinnerung nimmt Form und Gestalt an. Anfangs bleich und schemenhaft, bis alles deutlich und schmerzlich sich in die

11

Gegenwart drängt. Ich will diese Gedanken an diese Zeit verdrängen, aber ich weiß ich kann nicht mehr fliehen.

Ich schließe die Haustür ab, fühle mit meinem nackten Fuß das Holz der Dielen, den anderen gibt es nicht mehr, nur eine Prothese ohne Gefühl. Ich streiche mit der Hand über den Schrank um Staub zu finden und sehe in der Ecke den vertrockneten Hochzeits-Rosenstrauß meiner Lena. Die rosa Blümchen sind verblasst. Es sieht bizarr und wie steifgefroren aus, mit den Jahren geschrumpft. Auf der Papier-Serviette in der er gewickelt war, ist in verschnörkelter Schrift 15. Juni 2008 zu lesen.

Wie begann dieser Juni-Tag im Jahr 2008? weshalb habe ich diesen Blumenstrauß aufgehoben? Die Erinnerung kommt schemenhaft zurück. Ich sitze jetzt in einem Lehnstuhl und lasse mich ein in diese Stunde vor dieser Zeit von heute. Zögernd gestatte ich mir einen Blick zurück. Vor langer Zeit beschloss ich, nicht mehr an die Vergangenheit zu denken, sondern nur an den Augenblick von hier und heute. Jedoch das Jahr 2008 drängt so stark, ich kann nicht anders, ich erinnere mich deshalb sofort wieder an das Jahr 1988. Allerdings, was gestern war, will ich heute nicht mehr wissen Es hat keine Wichtigkeit in meinem Dasein. Ich

schreibe alles auf, sobald die Erinnerung es
zulässt.

Sorgfältig mit klarer Schrift male ich für mich
wichtige Daten auf ein weißes Blatt Papier.
Meine Gedanken und Bilder an früher
beschlossen, sich langsam zu zurück zu ziehen,
zu vertrocknen. Es tut nicht weh, nur ab und zu,
wenn ich meine wachen Momente habe, wie jetzt,
schmerzt es. Ich erinnere mich deutlich an
Erlebnisse vor fünfundzwanzig Jahren. Jedoch
was ich in der Vorwoche gesagt und getan habe,
ist ein weißes Nichts. Wahrscheinlich war das
Erlebnis der Vorwoche nicht wichtig genug, um
noch einen Gedanken daran zu verschwenden.
Schöne Erinnerungen gibt es wenige, trotzdem
sind sie von Wert, denn sie sind und waren mein
Leben.

Seit mich diese Frau Sommer wöchentlich
besucht und mir gewisse Medikamente
verabreicht, die ich nicht schlucken will, hat das
Leben an Bedeutsamkeit verloren. Wo bleibt
meine Freiheit, wenn andere bestimmen, was zu
tun ist? Meine erwachsenen Kinder wollen das
Beste für mich, was ist besser?

Heute schreibe ich Erinnerungen an den der Hochzeitstag unserer Tochter Lena, also kommt als Überschrift:

Hochzeit von Tochter Lena

15.. Juni 2008

„Bitte, alle Damen, stellt Euch auf die Seite, die Braut wirft gleich ihren Brautstrauß, wer möchte gerne die Nächste sein?"

Karsten, der ältere Bruder von Lena, delegierte die weiblichen jungen Gäste zum freien Platz vor der Kirche. Die Hochzeit seiner Schwester wurde von ihm so perfekt organisiert, wie er es auch sonst beruflich tat. Er managte Kongresse, Gipfeltreffen usw. Lena, seit einer halben Stunde Frau Lena Schneider war eine wunderschöne Braut. Ihr weißes Seidenkleid umschmeichelte ihre Figur, der Tüllschleier reichte bis zum Saum ihres bodenlangen Kleides. Sie strahlte mit ihren bernsteinfarbigen Augen ihren Bräutigam an, als sie aus der Kirche trat. Beide blieben am Podest stehen, bereit für ein Hochzeitsbild.

Wir, die Braut- und Bräutigam-Eltern müssen uns dann daneben stellen. Ich erinnere mich, dass ich dachte: „Hoffentlich sind meine Augen nicht

14

schwarz und tränenverschmiert vor lauter Rührung."

Die übrigen Gäste warteten vor der Kirche. nachdem das Familien-Foto-Procedere erledigt war, stellte ich mich ein wenig abseits der Gesellschaft. Ich würde selber auch ein paar Erinnerungsbilder mit meinem Foto-Apparat anfertigen. Als die Anweisung von Karsten, meines Sohnes kam, die ledigen Damen sollten sich für den Braut-Strauß-Fang bereitstellen, gehe ich noch weiter auf die Seite um Abstand zu halten. Ich wollte diesen Wurf mit einem Schnappschuss festhalten. Die Legende besagt, diejenige die den Strauß fängt, ist die nächste Braut. So standen alle ledigen weiblichen Gäste aufgeregt in Erwartung.

Ein allgemeines „ein zwei drei- Jetzt!" folgte und der zarte Rosenstrauß flog durch die Luft. Ich hielt die Kamera hoch, freute mich auf ein Foto, da flog der Strauß direkt auf meine Nase zu. Reflexartig fing ich ihn auf und stand verdattert da. Die Mädchen blickten mich neidvoll an und ich murmelte:

„ Entschuldigung. Ich wollte ihn nicht fangen, ich bin doch schon verheiratet."

Karsten kam lachend auf mich zugelaufen: „Na, Mama, du warst wieder einmal schneller als alle anderen."

Alle lachten.

Aber nur ich wusste, was er damit gemeint hatte. Ich war im Jahr 1988 mit meinen Kindern über die Grenze geflüchtet. Ein Jahr später spazierten tausende DDR Bürger gemütlich durch die geöffneten Grenzbalken, ich war zwar schneller als alle anderen, doch ich zahlte dafür auch einen hohen Preis.

Die Hochzeitstafel war reich geschmückt, wir waren etwa sechzig Gäste. Ich saß mit meinem Mann Günther seitlich von den Brautleuten. So konnte ich mit Lena auch sprechen. Karsten hatte wirklich alles bestens organisiert. Hochzeiten auszurichten brachten ihm schon am Anfang seiner Karriere viel Erfolg. Im Vorjahr war der Höhepunkt ein Auftrag mit tausend Gästen. Das war eine Hochzeit in Brunei, er zeigte uns nachher Video-Aufnahmen davon. Ein Märchen aus Tausend und einer Nacht. Doch für uns war heute der Tag einer der schönsten. Meine kleine Lena wirkte so glücklich und ich war es auch. Ihr Mann war eine gute Wahl, davon bin ich überzeugt. Johannes Schneider, ein tüchtiger Architekt, der seine Frau liebte, das sah man. Der Bräutigam-Vater hielt eine Ansprache auf das

Wohl des Brautpaares, der Brautvater begnügte sich mit den Worten: „Werdet glücklich und schenkt uns viele Enkel."

Nach dem offiziellen Teil wurde getrunken und gegessen. Das mehrgängige Menü bot für jeden Geschmack etwas, zum Beispiel Rinderbraten mit Kartoffel-Kroketten, oder für Vegetarier Gemüse in allen Variationen, auch an Fischliebhaber dachte man. Es war exzellent, und trotzdem bodenständig.

Die Gäste waren satt und zufrieden, und es wurde Zeit für etwas Stimmung. Eine Musik-Band, die für Schlager-Musik bekannt war, begann zu spielen und mit einem schwungvollen Walzer eröffnete das Brautpaar die Tanzfläche mit ihrem ersten Tanz. Ich schaute ihnen begeistert zu.

„Mama, wenn sie einen langsamen Blues spielen, magst du mit mir tanzen?" Karsten hatte sich zu uns gesetzt und wahrscheinlich meinen sehnsüchtigen Blick zur Tanzfläche gesehen.

„Das ist sehr lieb von dir, Karsten, aber du fragst diesbezüglich besser deine Frau, du weißt doch dass es mich zu sehr anstrengt. Übrigens, ich will dir gratulieren und danken, dass du diese Hochzeit für unsere Familie so prachtvoll ausgerichtet hast." Er lachte und blickte mich spitzbübisch an: „Na, vielleicht überlege ich es mir doch noch, denn meine Honorar-Rechnungen müssen immer die Braut-Eltern bezahlen, das wird teuer."

„Untersteh, dich! Sagtest du nicht, dieses Fest sei dein Hochzeitsgeschenk an deine Schwester?"

Er lachte wieder: „Mama, du musst aber alles gleich für bare Münze nehmen." Während unseres Geplänkels saß Günther, der Vater unserer gemeinsamen Kinder Karsten und Lena neben uns ohne ein Wort zu sprechen. Er hielt sich an seinem Bierglas fest und blickte auf die Tanzfläche ins Leere. „Nein, ich will mir diesen schönen Tag nicht verderben lassen, " sprach ich zu mir selber, „heute denke ich nur an mich und kümmere mich nicht um Günther und seinen Weltschmerz."

Bei diesen Gedanken blickte ich mich um und entdeckte nirgendwo meinen Mann Günther. Er hatte sich unbemerkt entfernt .Während meines Geplänkels mit Karsten, hatte er sich davongestohlen. Wahrscheinlich führte sein Weg zur Bar um sich ein Bier zu holen. Später erzählte er, dass er zur Toilette ging um sich zu erleichtern. Die unheimliche Begegnung die Günther am WC hatte, erzählte er mir irgendwann Jahre später. Erst als ich diese schreckliche Wahrheit erfuhr, wurden für mich sein Verhalten und seine Flucht in den Alkohol

18

erklärbar. Seine eigene Vergangenheit, die unerschütterliche Loyalität zu Partei und Vaterland, dafür zahlte er einen hohen Preis An diesem Abend jedoch, schwieg er darüber. Hätte er nur mit mir darüber gesprochen.

Günther Mertens Eine unheimliche Begegnung

Günther Mertens stahl sich heimlich von der Hochzeitsgesellschaft davon. Ihm war dieser Trubel zu viel. Später würde er sich an die Bar setzen. Nun stand er breitbeinig im Herren-WC vor der Muschel, als sich ein junger Mann daneben stellte und ihn unverwandt anblickte. Er wurde nervös, was wollte dieser Fremde von ihm? War es womöglich ein Schwuler?

„Was guckst Du so dämlich, hast du keinen eigenen, du bist bei mir an der falschen Adresse, verpiss dich" Unfreundlich wollte Günther mit diesen Worten seinen lästigen Zuschauer vertreiben. Jedoch der rührte sich nicht von der Stelle und griff in seine Hosentasche.

Er hielt ihm ein Schwarz-Weiß-Foto vor die Nase und flüsterte mit rauer Stimme.

„Kennst du diese Familie?" Günther konnte nicht umhin, das Bild näher zu betrachten. Vor allem, weil der Zudringliche es nicht von seinem Gesichtsfeld nahm und er selber noch damit beschäftigt war, den Reißverschluss seiner Hose zu schließen Er sah eine Aufnahme so wie sie in den Siebziger-Jahren des vorigen Jahrhunderts häufig von Berufs-Fotografen gemacht wurden. Er selber besaß ein ähnliches. Es zeigte ein junges Paar, die Mutter hatte ihr halblanges blondes Haar toupiert, sodass es füllig wirkte und ein sehr hübsches Gesicht umrahmte .Sie schaute selig auf das Baby in ihrem Arm. Genau so der Vater, der seinen Arm beschützend über die beiden gelegt hatte. Das Bild wirkte unwirklich kitschig schön. Er dachte an das Bild, das in der Nachtisch-Lade zu Hause sein unbeachtetes Dasein fristete. Es sah ganz ähnlich aus. Die junge Mutter Theresa mit dem gemeinsamen Sohn Karsten und er im Familienglück anno dazumal. Lena war noch nicht geboren.

Günther wurde die Anmache lästig und er fegte mit seiner freien Hand den Foto-Arm des Fremden beiseite.

„Verschwinde, lass mich in Ruhe, ich kenne diese Leute nicht, Interessiert mich auch kaum."

Der Mann ließ sich nicht abschütteln und sein Gesicht kam nahe an ihn heran: Sein Atem roch

20

schlecht und die Augen hatten etwas
unnatürliches, fast katzenartiges. Eindringlich
sprach er ungefragt weiter.

„Du solltest sie erkennen, denn du warst damals
dabei, als diese Familie ausgelöscht wurde.
Sicher erinnerst du dich an den Dezember 1985.
An den schreienden kleinen Balg der nicht
aufhören wollte zu plärren. Weil er nicht
verstand, weshalb seine Mutter plötzlich am
Boden lag und sich nicht mehr rührte. Weshalb
der Vater, der diesen kleinen Vierjährigen an die
Brust mit einem Tuch festgebunden hatte, nach
vorne fiel. Das Kind begriff nicht, weshalb alles
ganz plötzlich warm und rot war. Zuvor gab es
ein fürchterliches Gewitter mit Blitz und
Donnerschlag. Das ist die Erinnerung dieses
schreienden Balgs .In Wahrheit gab es im Winter
kein Gewitter, es waren die Gewehrschüsse der
Grenzsoldaten, die wie Donner in den Ohren
klangen. Du wirst dich vielleicht gar nicht an die
ganze Geschichte erinnern. Es kann auch sein,
wegen der vielen anderen kleinen Bälger, denen
es ähnlich ergangen ist, war dieser Schreihals
ohne Bedeutung für dich. Wo die anderen
verblieben sind wissen wir nicht, jedoch diesen
einen wirst du bis zu deinem Lebens-Ende nicht
mehr los, denn der bin ich. Mich wirst du in
deinen Alpträumen wieder erkennen.“

Er sprang wie eine Katze über das Bein von Günther und verschwand durch die Hintertür mit einem unheimlichen krächzenden Laut.

Günther lehnte sich an das Waschbecken wusch sich das Gesicht mit kaltem Wasser. Im Spiegel schaute ihm ein fremdes Gesicht entgegen. Dieses Gesicht war nicht seines, es war aufgedunsen, rot mit dicken Tränensäcken. Er erschrak über sich selbst. Das war das Resultat des sogenannten goldenen freien Westens. Damals, in den Siebzigerjahren des vorigen Jahrhunderts war seine Welt noch in Ordnung gewesen. Ein drahtiger, durchtrainierter Körper mit starker Ausstrahlung steckte in einer schmucken Uniform. Alles war geordnet, das System bestimmte und sie gehorchten, es war doch gut so. Ab und zu schlichen sich einige Zweifel in sein Hirn wie lästiges Ungeziefer, jedoch diese wurden sofort mit Beförderungen und damit verbundenen Vergünstigungen verjagt. Es ging ihnen gut, damals. Seine Kameraden achteten ihn, Theresa und er bezogen gleich nach der Heirat eine kleine, hübsche Wohnung im dritten Stock einer neu erbauten Wohnsiedlung in Berlin. Der Antrag für eine größere war abgegeben. Das Leben lief in geordneten Bahnen. Wenn seine Theresa sich an die Vorschriften gehalten hätte. Nein, sie lief ihren falschen Freunden, den Staatskritikern hinter her. Sie fühlte sich ständig

kontrolliert und wollte ein sogenanntes
selbstbestimmtes Leben und demonstrierte mit
den anderen, diese Utra-Revoluzzer waren gegen
alle und jeden. Diese sollten doch froh sein, wenn
die Staatssicherheit sie beschützte. Theresas
Schuld war es, dass er an einen unbedeutenden
Grenzposten versetzt wurde.

Zwiespältige Gefühle lösten die Erinnerung in
ihm aus. Einerseits Wehmut an schöne Tage.
Andererseits kroch der Schock an seine ersten
Toten an der Grenze zu ihm hoch. Ja, es gab viele
ähnliche Fälle, die er vergessen hatte. Diese
unheimliche katzenartige Gestalt sagte die
Wahrheit. An diesen Fall erinnerte er sich noch
deutlicher, weil es sein erster Todesfall als
Grenzschützer war. Diese idiotischen Republik-
Flüchtlinge musste man ja daran hindern, dieses
schöne geordnete Land zu verlassen. Der
Arbeiterstaat verlangte nach jungen Kräften. Sein
Kamerad war damals Uwe Gebrich gewesen. Sie
beide, redliche Grenzschutz-Soldaten in Berlin.
Sie wurden für diese Fluchtverhinderung
befördert, wobei keiner von beiden erfuhr, wer
getroffen hatte. Der Schock, als sie das
schreiende Kind entdeckten war für sie groß.
Zuvor gab es wenige Zwischenfälle an der
Grenze. Die meisten nahmen die Kinder nicht mit
oder wurden vorher gefasst. Der kleine Junge

kam damals sogleich zu einer weiblichen
Beamtin in Obhut, Günther vergaß bald den
Vorfall, denn für ihn schien wieder alles geordnet
und geregelt.

Nachdenklich setzte sich Günther wieder zu den
Gästen, am liebsten wäre er gleich nach Hause
gegangen. Doch wie sollte er als Brautvater sein
frühes Weggehen erklären? Er trank nun zum
Bier auch jedes Mal einen Klaren. Eine kleine
Hilfe für das Vergessen...

Theresa - Erinnerung an den Hochzeitsabend

Günther saß nun wieder an unserem Tisch, er war
lange weg, niemand schien ihn zu vermissen
niemand hatte sein Kommen bemerkt. Er trank
nun sein Bier mit einem Schnaps. Die Gläser
leerte er immer schneller. Alle übrigen Gäste
schienen sich sehr gut zu unterhalten, den
Großteil kannte ich nicht, es waren Freunde und
Kollegen des Brautpaares, Lena und Johannes.
Die Schwiegereltern von Lena, Beate und Horst
walzten mit anderen temperamentvoll durch den
Saal. Karsten tanzte mit seiner Frau Ute auch
sich im Takt wiegend an uns vorbei. Mein
Günther und ich befanden sich unter den wenigen
Zusehern. Wir beide, noch jungen Eltern bildeten

die Zuseher-Statisten in Gesellschaft von Großeltern- Generation.

Ich konnte nicht, und mein Günther wollte offensichtlich nicht tanzen. Ihm waren das Bierglas in der Hand und die Trauermiene im Gesicht lieber. Weshalb diese Trauermiene bei der Hochzeitsfeier ihrer Tochter? Die Zeit verging rasch, weil ich das Beste daraus machte und mich zwischendurch mit dem Großonkel von Johannes, unterhielt der interessante Reiseerzählungen aus seinen Expeditionen zu berichten wusste.

Die mehrstöckige weiße Hochzeitstorte wurde gebracht. Viele zückten ihre Kameras um dieses Kunstwerk zu fotografieren, während die Brautleute sie anschnitten. Sie schmeckte auch hervorragend und der Kaffee dazu munterte uns alle nach dem anstrengenden Tag wieder auf.

Um Mitternacht verabschiedeten sich die Brautleute von uns, denn sie mussten zum Flughafen nach Frankfurt fahren. Einen Segeltörn, der sie rund um die griechischen Inseln führte hatten sich beide als Hochzeitsreise gewünscht, das war auch ein Geschenk von uns. Ich hielt mein Mädchen lange an mich gedrückt und wünschte ihr und Johannes nochmals von Herzen viel Glück für die Zukunft.

Beate und Horst gesellten sich zu uns und Horst sagte: „Ich denke, es ist höchste Zeit dass wir auf das Wohl unserer Kinder anstoßen." Obwohl die beiden ganz in der Nähe von uns, zuhause waren, haben wir uns erst zwei Mal getroffen. Das erste Mal bei der Verlobungsfeier und dann bei Besprechung des Hochzeitstermins. Deren Haus stand in der Nähe der Wilhelmshöhe. Im Vergleich zu unseren persönlichen Verhältnissen war dies eine sehr noble Gegend. Der weitläufige Bungalow stand auf einem schrägen Hang, umsäumt von blühenden Sträuchern und Rosenbüschen. Beate hatte ein Geschick in der Gestaltung eines Gartens, genauso wie die geschmackvolle Einrichtung des Hauses ihre Handschrift zeigte. Kein Wunder, denn sie war eine bekannte Innen-Architektin. Mir war es direkt peinlich, als ich sie zum Kaffee in unsere Wohnung einlud. Diese ist auch sehr schön, aber vergleichsweise zu diesem Luxus bescheiden eingerichtet. Unsere Wohnung lag damals im Außenbezirk der Stadt. Eine ruhige Sackstraße, drei Zimmer, Küche, Bad und Wohnzimmer. Für mich war dieses Heim damals ein Geschenk des Himmels gewesen, als ich erfuhr, dass diese Wohnung zu mieten wäre. Meine erste Wohnung nach der Flucht lag direkt gegenüber, war aber sehr beengt. Die Neue stellte einen ungewohnten Luxus für mich dar. Endlich war Platz genug für meine Familie, für unsere Kinder Lena und

Karsten. Sie hatten nun jeder ein eigenes Zimmer, was wollte ich mehr? Ich wünschte mir damals nichts anderes als Ankommen und Wurzeln fassen in der neuen Heimat. Die Flucht vor der Enge und Bespitzelung sollte ein schönes freies Leben ermöglichen.

Meine Gedanken waren schon wieder in die Vergangenheit abgedriftet. Unsanft wurde ich von Lenas Schwiegereltern wach gerüttelt.

„Günther! Theresa! Ein Hoch auf uns und nun trinken wir auf das Glück unserer Kinder." Mit seiner polternden lautstarken Art hob Horst das Sektglas und wir tranken. Es blieb nicht bei dem einen, bald spürte ich ein Kribbeln in meinen Adern, ich fühlte mich beschwingt und alles wurde leicht. Meine Anspannung, die mich vor der Hochzeit befallen hatte, fiel von mir ab. Es gesellten sich noch meine Schwester Hilde und ihr Mann zu uns. Alle neckten mich, weil ich den Brautstrauß den ledigen Damen weg geschnappt hatte. Meine Beteuerung, dass dies ein ungewollter Zufall war, wurde lachend ignoriert.

So wurde der Abend ein lustiger, geselliger Ausklang des Festes. Wir übersahen fast die Zeit, und als wir um vier Uhr am Morgen wankend ins Taxi stiegen, spürte ich noch dem Klang der Musik und unsere Heiterkeit nach. Günther hatte sich die gesamte Zeit ruhig, fast unsichtbar in unserer Runde verhalten. Das wurde mir erst jetzt zu Hause wieder mit aller Deutlichkeit bewusst. Nach der knappen Körperpflege, Zähneputzen und Gesichtswäsche, legten wir uns ins Bett.

„War das nicht ein schönes Fest für unser Mädchen?"

Ich wollte meine Glücksgefühle noch mit meinem Mann besprechen, in seine Arme kuscheln und stolz über unsere beiden Kinder plaudern.

„Ja, schön." Damit drehte er sich auf die Seite und am Schnarchen wusste ich, dass er eingeschlafen war.

Schade, ich hatte gehofft, dass dieses Fest seinen Panzer, der ihn umgab, aufbrechen würde, ich hatte mir das leider nur erträumt. Heute war er noch brummiger und verschlossener als sonst.

Günther versäumte keinen Tag, an dem er mir nicht Vorwürfe machte wegen meiner Flucht über die Grenze.

Mittlerweile gab ich auch keine Erklärung mehr ab, weshalb ich damals geflohen war. Vorher war ich lange stumm gewesen und habe die Vorzüge des Schweigens genossen. Ich konnte nicht anders, auch nicht bei Lena und Karsten. Sie wurden von mir nicht über meine Beweggründe aufgeklärt. Mein Hinkebein schien mir Strafe genug zu sein für mein unüberlegtes Handeln. Wenn ich allein gegangen wäre, hätte ich nur mein eigenes Leben in Gefahr gebracht. Doch ich nahm zwei unmündige Kinder mit auf einen lebensgefährlichen Fluchtweg. Ihnen blieb damals keine andere Wahl als mit mir zu gehen. Jedes Kind folgt instinktiv dem Ruf der Mutter. Zum Glück traf der Minen-Splitter nur mich ich könnte es nicht ertragen, wenn eines meiner Kinder verletzt worden wäre.

Allerdings litten beide wegen meines kaputten Beines, denn sie wurden von anderen Kindern wegen meiner Behinderung oft gehänselt. Ich erinnere mich noch mit Grausen an einen Tag, als Karsten mit einer blutigen Lippe und geschwollener Nase von der Schule nach Hause kam. Er verschwieg trotz meiner Fragen die Ursache seiner Blessuren. Er behauptete, mit dem Fahrrad eines Schulfreundes gestürzt zu sein. Zufällig erfuhr ich die Wahrheit. Nicht, weil Lena ihn verraten hätte, nein sie hielt fest zu ihrem Bruder wie eine schweigsame Klostermauer.

Die Krankheit von Lena deckte zwei Jahre später den Grund von Karstens Verletzung auf. Sie wurde nach ihrer Einschulung plötzlich krank. Sie fieberte nicht, aß kaum etwas und wurde schwächer und schwächer. Die Kinder-Ärztin erfuhr mit viel psychologischem Geschick die Ursache und klärte mich auf. Karsten war seinerzeit oft von den Schulkollegen verprügelt worden, weil er die Schimpf-Tiraden, die seine Mutter als Hinkebein das Ossi-Monster verlachten und verspotteten, mit seiner Körperkraft verteidigte. Diese Erfahrung bewirkte, dass Lena panische Angst vor der Schule hatte und fürchtete, dass ihr dasselbe passieren wird. Allerdings war mit dem resoluten Auftreten von Karsten bald darauf Schluss mit dem Gespött seiner Mitschüler. Er zeigte allen, dass mit ihm auch nicht gut Kirschen essen wäre und verschaffte sich Respekt. Wir konnten gemeinsam mit einer Psychologin die Ängste von Lena aufarbeiten und bald war sie wieder das fröhliche feuersprühende Temperament-Bündel. Die Schule bewältigte sie leicht und locker ohne viel zu lernen, zwar mit mittelmäßigem Erfolg, aber sie musste keine Klasse widerholen.

Ich bin stolz auf meine Kinder, die längst flügge geworden sind. Weil ich jetzt viel Zeit zum Nachdenken habe, schreibe ich Ereignisse auf, die seit dem Jahr 1988 unser Leben bestimmt haben. Sehr viel ist mit uns passiert. Schöne Zeiten voll Unbekümmertheit mit Lena und Karsten. Ab und zu plagte mich auch das Heimweh. Nach der Ostsee, dem Geschmack des Meeres, das Prickeln auf der Haut vom Salz und

Sand. das ich als Kind in den Ferien erlebte. Meine Freunde der Kindheit vermisste ich, die sich nach und nach zerstreuten als meine Eltern mit mir nach Berlin zogen. Was hinderte mich seit dem Mauerfall, die Heimat zu besuchen? Meine Beinprothese ist nur eine Ausrede. Heute begreife ich, dass ich Angst davor hatte, die Wahrheit zu sehen. Die Erkenntnis, dass es doch ein Fehler war, mit meinen Kindern die tödliche Grenze zu überschreiten. Ich war einfach zu feige mir das einzugestehen.

21. Juli 2014

Das Aufschreiben der Erinnerung macht mich müde, deshalb werde ich mich heute wieder dem Hier und Jetzt widmen, obwohl es nichts Neues zu berichten gibt. Ich schlafe, manchmal auch nicht. Ich esse mein Frühstück. Eine Scheibe Butterbrot und eine Tasse Kaffee. Zu Mittag gibt es oft Undefinierbares. Ich weiß nicht wer für dieses Essen verantwortlich ist. Früher habe ich selbst sehr gut gekocht. Doch seit ich oft vergaß den Gasherd auszuschalten, hat mein Sohn Karsten veranlasst, dass ich keinen Herd in der Küche habe. Ich erhalte Essen auf Rädern. Das nennt man so. Obwohl das Essen ganz banal von Boten gebracht wird. Es schmeckt meistens nicht. Vielleicht liegt es auch an mir und meiner jeweiligen Stimmung. Ab und zu esse ich, dann wieder nicht. Zum Glück gibt es noch den Wasserkocher und den Kühlschrank. So kann ich mir zum Glück Tee kochen und Obst und Käse nach meinem Geschmack kaufen. Diese Entmündigung meines Ichs macht mich krank. Es erinnert mich an die Zeit von damals. An unsere Flucht vor dieser ständigen Kontrolle. Karsten sagt: „Mama wir wollen doch nur, dass es dir gut geht, Für eine Person lohnt es nicht zu kochen." Sollte ich nicht selbst entscheiden dürfen, ob es sich lohnt, für mich selber gut zu kochen?

Ich gehe zu Bett, morgen wird um elf Uhr wieder meine Betreuung kommen und mit mir Gedächtnis-Übungen machen. Ach wie ich dieses idiotische Lernen hasse.

Ich selber habe beschlossen, diese Welt hinter mich zu lassen und zu vergessen. Wer hat das Recht, mich daran zu hindern?

Bevor alles in das Dunkel der Vergangenheit eintaucht, werde ich noch aufschreiben, woran ich mich erinnere. Am frühen Morgen stehe ich auf, um weiter zu schreiben.

16. Juni 2008 *in der Wohnung in Kassel*

Am späten Morgen des Tages nach der Hochzeit wachte ich mit Kopfschmerzen auf. Das lustige Ausklingen des Festes mit viel Alkohol rächte sich. Ich versuchte mich mit kalten Wasserduschen ein wenig Frische zu verschaffen. Es half nicht, ich schlurfte in die Küche um Kaffee zu kochen. Bekleidet mit einem Nachtshirt, wirrem Haar und der Kaffeetasse in der Hand saß ich am Tisch und brauchte Minuten, bis ich endlich ein Glas Wasser nahm und ein Aspirin schluckte. Es würde sicher noch einige Schmerzenszeit dauern, um zu wirken .So viel Alkohol war mein Köper nicht gewöhnt.

Was mir jedoch noch mehr Sorgen bereitete, war meine Gefühlswelt. Gestern fühlte ich mich beschwingt und leicht, die Hochzeitsfeier hatte alle Probleme vergessen lassen, sie fielen ab wie eine schwere Last. Nun holte mich der Alltag wieder ein. Ich dachte an die gemeinsamen Jahre mit Günther. Er hatte die Wende nie verkraftet, seine Welt blieb vor dem Jahr 1989 stehen. Seine Wertvorstellung vom Leben ist daran zerbrochen.

Langsam begann die Schmerztablette doch zu wirken, ich zog meine Sportkleidung an und fuhr mit dem Fahrrad in den Auwald, der sich in unmittelbarer Nähe unserer Wohnung ausbreitete. Seit dem Vorjahr führte ein Radweg durch dieses Gelände am Rande von Nirgendwo. Einen

Marathon zu laufen mit meinem Beinstumpf und der Prothese wäre noch immer nichts für mich, doch das Fahrrad war eine gute Alternative. Ich genoss sehr oft diese schöne Natur. Dieses Stück Au-Land war unverändert geblieben. Eine weite Ebene breitete sich aus, um verwildertes Heidegras ungehindert wuchern zu lassen. Diese Unberührtheit machte den Reiz dieser Landschaft aus. Müde geworden, setzte ich mich in eine Mulde und schon wieder kam die Erinnerung an diesen Schicksalstag wieder hoch. Mein Blick richtete sich nach Osten in die Vergangenheit. „Der Drache in den Schwanz sich beißt" Was wäre, wenn…. Wenn du mein kleines Mädchen damals nicht gelauscht hättest?

Was soll diese Grübelei, mir wurde kalt und ich spürte wieder die anstrengende Nacht in meinen Gliedern. Weshalb kamen immer wieder diese Erinnerungen angekrochen. Sie verfolgten mich wie ein böser Schatten. Nach so langer Zeit konnte ich die West- Beamten verstehen, die mir damals nicht glaubten, dass wir über die DDR-Grenze ohne Fluchthelfer geflohen seien. Das war schier unmöglich. Dass es eigentlich ein kleines Mädchen war, welches mit ihrem unschuldigen Reim, der Drache in den Schwanz sich beißt der Auslöser war, glaubte niemand.

Nach Hause lief das Fahrrad fast von selbst, Günther schlief noch immer.

Das kam mir gerade recht, ich ließ das Badewasser in die Wanne und legte mich für eine halbe Stunde in einen duftenden Schaum. Fast wäre ich eingeschlafen, doch das Poltern einer Flasche die auf dem Küchenboden aufschlug, weckte mich.

„Verdammt, muss denn alles hier herumstehen, keine Ordnung hat diese Frau, verflucht noch mal. Das hätte es drüben nicht gegeben." Günther geiferte wieder einmal und schob seine Ungeschicktheit auf mich. Er beschwor immer diese militärische Ordnung des Ost-Systems als Vorbild wenn ihm irgendetwas nicht passte. Am besten, ich überhörte das und wartete erst mal ab, bis er sich wieder beruhigt hatte. Seelenruhig cremte ich mich mit der Körpermilch ein, zog mich an und als ich in die Küche kam sprach ich ihn lächelnd an: „Hast du gut geschlafen, Schatz?"

Günther saß auf der Eckbank in der Küche und stierte mich mit glasigen Augen an. „Wo warst du? Siehst du nicht die Unordnung in der Wohnung?" Er hatte eine halbleere Bierflasche in der einen Hand, mit der anderen zeigte er auf den Boden, wo die zerbrochene Flasche eine Pfütze gebildet hatte. Er hatte sich nicht die Mühe gemacht, die Scherben zu entsorgen.

Das erledigte ich schweigend, wusch noch den Boden auf um dem unangenehmen Geruch von abgestandenem Bier nicht morgen früh auch noch ausgesetzt zu sein.

Währenddessen war es schon Nachmittag geworden und ich beschloss, bald ins Bett zu gehen, weil ich wieder fit und ausgeschlafen bei der Arbeit sein wollte. In den vergangenen Jahren kam ich sehr oft in den Genuss der Fortbildung die mein Arbeitgeber bezahlte. Die Kinder waren inzwischen flügge geworden. Deshalb wurde mir vor zwei Jahren bei der Universität eine adäquate Stelle angeboten, die mir eine finanzielle Unabhängigkeit sichert. Mein Start in das Berufsleben war im Jahr 1989 im Archiv der Universität. Diese Arbeit war der Beginn eines erfüllten Lebens .Wegen der Teilzeit konnte ich auch die Kinder und den Haushalt versorgen. Der Rückzug in die Keller-Räume wo ich mein Bein nicht verleugnen musste kam meinem geschwächten Ego sehr entgegen. Mittlerweile ist mein Selbstbewusstsein etwas angewachsen und ich akzeptiere mich so wie ich bin,

Weshalb war ich nicht schon längst in eine andere Wohnung gezogen? Die Sache mit Günther wurde immer schwieriger. Anfangs hatte ich gehofft, er würde die Vergangenheit hinter sich lassen und wieder der Mann werden, den ich einst gekannt hatte. Mein schlechtes Gewissen, weil ich damals so Hals über Kopf in den Westen geflohen war, hielt mich noch immer zu ihm. Er musste es sicher bei seinen Vorgesetzen büßen. Für sie war jeder Fluchtversuch eines Familienmitglieds Hochverrat der ganzen Sippe. Wenn diese Leute gewusst hätten, dass ein kleines sechsjähriges Mädchen die Spionin war, sie hätten sich sicher in den Allerwertesten gebissen. Ich musste immer wieder an den Reim von Lena denken: „ Ich weiß etwas, was du nicht weißt. Der Drache in den Schwanz sich beißt." Nun war dieses kleine Mädchen von damals unterwegs auf ihre Hochzeitsreise, so rasch war die Zeit verflogen. .

Diese Nacht werde ich allein im ehemaligen Zimmer von Lena verbringen, ich wollte Ruhe finden, weg von meinem Mann, doch die Erinnerung kam wieder und ließ mir keinen Schlaf. Nochmals erlebte ich diese Jahre in meinen Träumen. Auch ich litt unter diesen Umständen, weil Günther diesen Wendepunkt von Ost nach West noch immer nicht verkraftete. Er lebte damals und arbeitete nur für das System und war überzeugt, die Herrschaften, die Befehle erteilten, wären superklug und loyal. Er dachte, alles wäre zum Wohle des Volkes. Dass es nicht so war, daran zweifelte er noch immer nicht. Seit der Wiedervereinigung Deutschlands erfuhr man viele Ungereimtheiten sowie Bespitzelungen von Menschen, denen man vertraut hatte. Die ganze Wahrheit wird wohl immer im Dunkel bleiben. Die Planwirtschaft, die den Staat ruinierte und deren Bewohner in Armut und Abhängigkeit stürzten werden noch Jahrzehnte an Aufarbeitung brauchen.

Weil Günther und ich noch zusammen blieben, verdankten wir wahrscheinlich unserer gemeinsamen Vergangenheit in einer anderen Zeit und einer anderen Welt. Auch der Umstand, dass Günther in den letzten Jahren sehr oft in anderen Städten gearbeitet hatte, ließ uns wenig gemeinsame Momente verbringen. So waren wir wohl auf dem Papier verheiratet, doch räumlich und seelisch getrennt,

Ich wachte wieder einmal schweißgebadet auf, ich hatte wie so oft, schlecht geträumt.

Vielleicht hilft mir ein Glas Milch etwas Ruhe zu finden, deshalb schlurfte ich in die Küche und vermied es den Lichtschalter zu betätigen, ich musste allein sein und keinesfalls Günthers

Schlaf stören, dessen Schnarchen ich durch die geschlossene Tür hören konnte.

Während ich trank, wurde mir bewusst, er nahm in meinem Leben immer weniger Raum ein. Unsere Gemeinsamkeit war umgeben von Normalität und Gewöhnlichkeit, von altbekannten Wörtern deren einziges Ziel in ihrem Sein die Auslöschung war. Als ich vor kurzem einmal zaghaft meinen Arm um ihn legte, schüttelte er ihn so heftig ab, als wäre meine Hand eine giftige Spinne. Sein Gesichtsausdruck änderte sich drastisch. Niemals liebevoll, zärtlich. Oft blickte er so drein, als wäre er vorher blind gewesen und hätte auf einmal sein Augenlicht wieder erlangt, Wie, als wäre er in einer fremden Umgebung aufgewacht .Staunend und suchend irrte er durch die Welt. Seine heile Welt löste sich im Jahr 1989 auf. Die Zeit heilt alle Wunden, so wird es gesagt, doch manche haben keine Chance zu heilen, sinniere ich als ich mich wieder einmal an den Hochzeitstag von Lena erinnere. Das Leben mit Günther war die Jahre immer schwieriger geworden, doch seit diesem Tag wurde es unerträglich. Was war geschehen an diesem Tag?

GÜNTHER   in der Küche in Kassel

16.Juni 2008

Dieser Vormittag ist deprimierend! Günther brummte der Schädel, als ob sich ein Hornissen-Nest dort niedergelassen hätte. Die Hochzeit von Tochter Lena war für ihn zu anstrengend gewesen. Heute kamen ihm die letzten zwanzig Jahre gewaltsam in sein Bewusstsein.

Dieses elende Leben im sogenannten goldenen Westen! Es kam in ihn die Galle hoch in den wenigen Augenblicken, denen er bewusst nachdenkend noch lebte. Was war aus ihm geworden? Aus dem stolzen Grenz-Soldaten der DDR.! Als gelernter Elektro-Techniker gehörte er damals der Elite an. Er war Anwärter für eine Superstelle am Flughafen Berlin Ost Ein gut bezahlter Posten mit Aufstiegsmöglichkeiten und

Sonderzulagen. Seine Frau zerstörte alles mit Ihrem Andersdenken und ihren sogenannten Freunden, die sie benutzten, um Flugblätter zu verteilen. Das Ende seiner Karriere war ihre Flucht mit den Kindern zum Klassenfeind. Seit 1989 ging es nur mehr bergab mit ihm. Zuerst nach der Wende wurde er privater Security-Mann eines Kaufhauses. Dann Chauffeur, bis er seinen Führerschein abgeben musste. Wegen lächerlicher 1,5 Promille . Zum Schluss spielte er Parkwächter, bis die Firma pleite machte. Anschließend war arbeitslos. Der Alkohol machte ihn nun melancholisch und ließ manches vergessen. Deshalb versuchte er die Erinnerungen mit Bier saufen ohne Ende zu verdrängen. Der kleine Spatz Lena ist flügge geworden. Er sah wieder das kleine Mädchen, wie es vor zwanzig Jahren mit der Puppe in der Hand durch das Haus gehüpft war. Dieses Biest hatte damals gehorcht und das Geheimnis von der Grenzlücke verraten. Sie spielte so ganz unschuldig mit ihrer Puppe, sang dazu ein bekanntes Wiegenlied. Sein Vorgesetzter war ganz gerührt über dieses Volkslied. Niemals kam ihnen in den Sinn, dass sie verstehen würde, was besprochen wurde. Dieses heikle Thema war so dringend, dass er ihn zu Hause aufsuchte und befahl, so rasch als möglich den elektrischen Grenzzaun mit einer Spezialtruppe zu reparieren bevor jemand diese Lücke zur Flucht benützt.

Code-Wort: „Der Drache beißt sich in den Schwanz". Kein westlicher Telefon-Abhördienst durfte das erfahren. Wir dachten, dieses Mädchen ist mit ihrer Puppe beschäftigt, die versteht nicht, weshalb der Drache in den Schwanz sich beißt. Wo ist diese Zeit geblieben? Das Leben war damals schöner und einfacher .Er war vorbehaltlos überzeugt, jeder der arbeiten wollte, fand eine Beschäftigung. Das Parteisystem funktionierte und sorgte für alle. Sie besaßen alles, was zum Leben notwendig war. Dass es keine Bananen gab war doch kein Malheur, ist das nicht ursprünglich das Grundnahrungsmittel für Affen gewesen? Na, ja, viele Bürger mussten schon einige Jahre sparen um ein Auto zu bekommen, was soll`s. Ein Grenzschutzbeamter im gehobenen Dienst, so wie er, war ein angesehener DDR Bürger. Wenn nicht Theresa mit ihren Protest-Aktionen immer wieder ein Weiterkommen auf einen noch höheren Posten verhinderte, hätten sie ein sorgloses Leben gehabt. Sein loyales Verhalten zur Partei konnte eine komplette Abtrift verhindern Er verhalf mit seinen guten Beziehungen seiner Frau sogar eine frühere Entlassung aus der Umerziehungsanstalt. Diese Verhaftung hatte sie sich selber eingehandelt, sie und ihre sogenannten Freunde. Immer wieder traf sie sich mit denen um Flugblätter mit Beschimpfungen gegen die Regierung zu verteilen. Die Versetzung an diesen unbedeutenden Grenzposten verdankte er ihr. Dort würde er versauern, das hatte er keinesfalls vor und stellte sich immer wieder loyal zu seinen Vorgesetzten.

Weit haben sie es nicht gebracht, hier im goldenen Westen. Er betrachtete missmutig die Wohnung. Die Küche ist sehr klein, die weißen Einbauschränke sind unverändert, seit er mit Theresa die Wohnung bezogen hatte. Sie ging sehr achtsam mit den Möbeln um, denn es befanden sich nirgends irgendwelche Beschädigung oder Gebrauchsspuren. Der Kühlschrank summte etwas zu laut vor Altersschwäche, aber solange der sein Bier kühlte, sollte er nicht ausgetauscht werden.

Verdammt! Der Gedanke an ein kühles Bier erinnerte ihn an seinen Wahnsinns Durst und die pelzige Zunge lechzte danach. Er griff nach einer Flasche. Mit einem Fußtritt wollte er die Tür wieder schließen, er stolperte über den Abfalleimer, „Scheiß Durcheinander da. Keine Ordnung hier!"

Mit einem Knall zerbarst die Flasche am Boden, es schäumte noch verlockend, doch die Glassplitter fraßen den goldigen Hopfensaft auf. Seine Kopfschmerzen wurden unerträglich, er war unfähig die Glassplitter zu entsorgen.

Sein Durst verlangte nach Bier und er holte die nächste Flasche aus dem Kühlschrank, da ging die Tür auf und Theresa fragte etwas, was er nicht verstand. „So ein Chaos in der Wohnung keine Ordnung herrscht hier", rief er ihr nach, und die Tür flog zu, weg war sie.

Soll sie, dieses scheinheilige nette Getue hatte er mehr als satt. Sie die Universitätsangestellte war immer nur freundlich. Zum Kotzen zuckersüß und stets bedacht darauf, ihr Hinkebein nicht übermäßig zur Schau zu stellen. Sie schritt meistens betont langsam, sodass es aussah wie ein vorsichtiger eleganter Gang. Meistens ging sie nur ein paar Schritte und lenkte mit ihrem bezaubernden Lächeln ihr Umfeld ab. Ihn erinnerte das jedoch täglich wieder aufs Neue an diesen Juni 1988 und alles was danach kam:

Der Abend- Dienst an diesem Juni 1988 verlief relativ ruhig, sie hatten eine Technikertruppe für den nächsten Tag angefordert. Diese Mannschaft würde den elektrischen Grenzzaun reparieren. Er würde alles beaufsichtigen. Bis dies erledigt wäre, müssten zwei Mann in Abständen von einer Stunde die Grenze kontrolliert abfahren. Ihnen erschien es unwahrscheinlich, dass es gerade hier Republikflüchtlinge geben sollte. Jeder kannte jeden und ein fremdes Auto würde sofort auffallen. Seine zwei Kollegen Heinz und Thorsten kamen von ihrer Kontrollfahrt zurück.

„Melde gehorsam, keine besonderen Vorkommnisse." Er war ihr Befehlshaber und er lud sie zu einem Skatspiel ein, Der Kaffee duftete und sie wollten sich für einen gemütlichen Nachtdienst vorbereiten. „Du gibst, Thorsten."

Da! Plötzlich! Ein lauter Knall ließ alle hochfahren. Was könnte das sein? Es gab doch keine Minen mehr entlang der Grenze. Thorsten schrie: „So eine Sauerei, hat uns ein Idiot wieder einmal den Abend verdorben."

Sie stürmten los, in Richtung der Explosionsstelle. Ein schwarzes Loch am Grenzzaun und zittriges Scheinwerferlicht im Nebel von drüben. Weshalb waren die Grenzer im Westen vor uns da? Rauchschwaden und Blutspritzer an der Buche, die Äste teilweise geknickt. Durften sie sich weiter in die Gefahr wagen? Was ist wenn noch eine Mine irgendwo versteckt im Graben lag?

Wenn ein Unbekannter doch die Schwachstelle am Zaun entdeckt hatte?

Blut und haarige Fleischfetzen, sonst war nichts mehr übrig. Trotz der starken Scheinwerfer ihres Geländewagens war nicht viel zu erkennen. Doch bei genauerer Begutachtung entdeckten sie Reste eines Wildschweines. So eine Sauerei. Über der

Grenzlinie hinter einem Hügel war Scheinwerferlicht zu sehen, das sich entfernte, und zu winzigen Lichtpünktchen abdriftete. Das hieß, dass die Grenzbeamten von drüben sich wieder noch weiter in ihr Westreich zurück gezogen hatten und das war gut. Der ruhige Nachtdienst mit Skatspiel war allerdings verdorben.

Wachtdienst im Freien war angesagt. Jeweils zwei bewaffnete Posten mussten die Stelle absichern. Morgen werden die Techniker und Arbeiter antanzen um den Schaden zu reparieren. Seine Gedanken drehten sich auch damals im Kreis. Kein Dummkopf riskierte sein Leben, um aus diesem schönen, geordneten Land zu fliehen. Ihnen würde er als Abschiedsgeschenk einen Haufen Schreibarbeit und Ärger bei den Vorgesetzten bescheren. Zum Glück war es nur ein Schwein. Deshalb stand in ihrem Bericht lediglich: „ein Wildschwein hat eine alte Landmine aufgestöbert und eine Explosion mit unbekanntem Schadens am Grenzzaun verursacht."

Der Tag danach war einer der schlimmsten seines Lebens. Als er das leere Haus betrat und die kurze Nachricht seiner Frau am Tisch vorfand. „Sie wünschte ihm alles Gute, doch sie müsste mit Karsten und Lena in den Westen, in die Freiheit."

Die Zweifel, ob es womöglich seine Familie gewesen sei, die mit der Mine zerfetzt und getötet wurden, ließen ihm keine Ruhe. Er musste zurück zur Dienststelle. Zum Glück erwies sich die Befürchtung als nichtig, es gab zweifellos nur Reste eines Wildschweins. Allerdings war er gezwungen, die Flucht seiner Familie umgehend zu melden. Was danach folgen würde, wusste er schon im Voraus. Er war der einzige, der das Code-Wort kannte und auch vom Ausmaß der der Lücke am Zaun Kenntnis hatte. Nun wurde er ungewollt zum Fluchthelfer degradiert. Wochenlang musste er sich Verhöre über sich ergehen lassen. Was nützten seine Beteuerungen, dass er kein Wort zu seiner Frau darüber gesprochen hatte. Gleichzeitig drückten die Sorgen um seine Kinder Lena und Karsten, die ihm seine Frau böswillig genommen hatte. Wovon sollten sie leben. Auch im Westen wird einem nichts geschenkt. Womöglich werden die Kinder in ein Heim gesteckt. Ob sie heimlich eine Kontaktperson im Westen gehabt hatte, von der er nichts wusste? Ihre Schwester Hilde wohnte in Kassel. Diese Hilde war eine streng gläubige, biedere Person, der traute er das nicht zu.

Verdammte Erinnerung, die nie aus seinem Kopf verschwindet. Und zu allem Verdruss ist nun dieser Unbekannte aufgetaucht, der behauptet, er hätte seine Eltern bei der Flucht erschossen. Hat er? Es könnte auch sein Kamerad gewesen sein. Beide wussten es damals nicht, wer wirklich getroffen hat, geschossen hatten beide. Belobigt und befördert wurden auch beide.

Ein klein wenig besserten sich seine Kopfschmerzen und Günther ging ins Schlafzimmer. Dieser Raum erhielt vor ein paar Jahren eine neue Einrichtung. Um ehrlich zu sein, Theresa suchte sie aus. Die Schränke und Betten in hellem Zirben Holz sollten ein besseres Schlafergebnis bringen .Günther spürte keine Veränderung, doch sie war fest überzeugt, seitdem besser und erholsamer zu schlafen. Ihre Bettseite war unberührt, seine holde Gattin zog es wieder einmal vor, im Kinderzimmer zu übernachten. Wusste er doch längst, dass sie jede kleinste Meinungsverschiedenheit dazu benützte, seine Anwesenheit zu meiden. Er legte sich nieder, aber weil er keinen Schlaf fand, stand er bald darauf beim nahe gelegenen Kiosk, seiner Stammkneipe. So wie jeden Tag.

Bei Adi und den anderen Kumpels, dort konnte er seine elende Gegenwart mit Hilfe von Bier und Schnaps vergessen.

Sonntags war die Hütte meistens leer, nur Adi der Wirt und Rudi der Dauergast standen am Tresen. Der kleine Holzbau neben der Seitenstraße die zum Park hinführte war seit geraumer Zeit zu seiner Stammkneipe geworden. Im Sommer standen die Gäste vor dem hohen Holztisch um das Bier aus der Flasche zu konsumieren. Wenn es kühler wurde ging man hinein wo neben dem Tresen eine hufeisenförmige Eckbank mit Tisch stand, Es befanden sich dort meistens Gäste um Karten zu spielen.

„Na, wieder einmal Zoff mit deiner Alten gehabt?" sprach ihn Rudi an.

„Halt die Klappe, du Wixer, du hättest wohl gerne eine, doch jede schmeißt dich raus". Er war wütend über Rudis Ansage. Dieser Penner nächtigte oft im Obdachlosenheim, weil er wieder einmal seine Miete nicht bezahlen konnte. Im Grunde mochte Günther ihn, doch heute traf er mit seiner Bemerkung seinen empfindlichsten Nerv.

Es war leider die Wahrheit, dass die Beziehung mit seiner Frau am Ende war. Sie war im Grund genommen schon seit dem Tag ihrer Flucht im Jahr 1988 vorbei.

23. Juli 2014

Theresa schreibt wieder an ihren Erinnerungen

Juni 2008 Theresa

Als ich am Morgen mein Büro betrat, musste ich wieder an meine ersten Monate in diesem Gebäude denken. Heute noch, nach so vielen Jahren gehe ich mit Freude zur Arbeit. Meine Anfänge im Archiv liegen längst hinter mir, obwohl ich über diese Tätigkeit sehr dankbar war. In den vergangenen Jahren konnte ich sehr viele Weiterbildungs-Seminare besuchen, so bin ich heute die sogenannte rechte Hand des Dozenten. Leider ist mein Mentor, Herr Dozent Huber vor einigen Jahren verstorben. Er war einer der ersten Menschen im Westen, die mir eine Chance zum Überleben gaben.

Als ich mich zu meinem Schreibtisch setzte, strich ich liebevoll etwas verträumt über den Tisch. Das temperamentvolle „Guten Morgen" meiner Mitarbeiterin riefen mich zur Ordnung. Wahrscheinlich war ich noch benommen von der Hochzeitsfeier und war noch nicht richtig da.

„Gaby, sei so nett und bring mir die Statistiken vom Vorjahr, und wenn dein Zaubertrank von Kaffee dabei wäre, das wäre wunderbar, " ersuchte ich meine Sekretärin um endlich zum Tagesgeschehen über zu gehen. Gaby ist eine patente Assistentin für mich und gleichzeitig meine beste Freundin. Sie hat einen rabenschwarzen Lockenkopf, schwarze funkelnde Augen und die üppige Gestalt einer Bauchtänzerin. Ihre türkischen Wurzeln in der

Familie vererbten ihr nicht nur den guten Charakter und das Aussehen, sondern auch das Temperament und die Fähigkeit, einen starken ausgezeichneten Kaffee zu kochen.

Sie erschien auch nach kurzer Zeit mit einer Arbeitsmappe und einem Tablett mit 2 Tassen Kaffee und einem Teller voll Kleingebäck.

„Das eine ist für den Kreislauf, das andere für die Seele und die Mappe ist für die Arbeit. Na, wie geht es der Brautmutter? Ich dachte mir, wir machen einmal eine halbe Stunde Pause und holen diese Zeit ohne Mittagspause wieder ein."

„Gaby, danke für dein Kreislauf- und Seelenfutter, wenn ich dich nicht hätte."

Sie antwortete: „Nun, erzähl schon, irgendetwas muss bei der Hochzeit doch nicht so glatt gelaufen sein, man sieht es dir an."

„Alles war wunderbar, ich müsste stolz und zufrieden sein, weil meine beiden Kinder so liebe Partner gefunden haben. Nur mit Günther wird es immer schwieriger. Außerdem ist mir wieder einmal eine sehr peinliche Geschichte passiert. Ich wollte es wirklich nicht, doch ich war wieder einmal schneller als du anderen." Gaby schaute mich etwas zweifelnd an: „Du und schneller?"

„Ja, ich habe den Brautstrauß gefangen."

Gaby prustete los und konnte sich vor lauter Lachen nicht halten.

„Das ist ja toll, die verheiratete Theresa schnappt den ledigen Jungfern die Chance weg, die nächste Braut zu werden. Wenn das die einzige Sorge ist, die du hast bist du zu beneiden. Das war sicher eine Riesengaudi für alle Anwesenden."

„Danke, dass du es so locker siehst, bei mir fühlt es sich leider anders an. Ich sehe das als ein Schicksalszeichen. Genau wie damals als meine Lena mir das Geheimnis von der Grenzlücke anvertraute. Seit zwei Tagen kann ich an nichts anderes mehr denken als an die Zeit um die Jahre nach meiner überstürzten Flucht. Als müsste ich all diese Zeit nochmals durchleben. Ich sehe meine Zukunft mit Günther gefährdet. So sehr ich mich auch danach sehnte, eine intakte Familie im freien Westen zu erleben, ich denke mein Traum ist gescheitert. Günther hat die Wende nie verkraftet, auch meine Flucht hat er mir nie verziehen. Ich kann nicht mehr an eine gemeinsame Zukunft mit ihm glauben.

Diese überstürzte Flucht verfolgt mich bis an mein Lebensende.

25. Juli 2014 Erinnerung an 1988

Auch heute, nach so vielen Jahren, des Vergessens, Verdrängens kommt dieser Tag wieder und zurück und ich schreibe zum ersten Mal auf, wie damals alles begann:

18. Juni 1988

„Ich weiß etwas, was du nicht weißt, der Drache in den Schwanz sich beißt."

Meine kleine Lena hüpfte von einem Bein auf das andere und sang immer wieder diesen von ihr selbst erdichteten Reim. Ihre Bernsteinaugen bekamen goldene Punkte und sie sah mich dabei erwartungsvoll an.

An diesem schicksalhaften Tag, leerte ich vorher das am Ofen gewärmte Wasser in die Waschwanne, die Kinder sollten vor dem Essen noch ihre schmutzigen Hände reinigen. Das war zwar nichts Außergewöhnliches, doch alles, was danach kam, bestimmte unser Leben. Wir waren gerade wieder einmal umgezogen. Das alte Haus verfügte über kein Badezimmer. Es stand etwas abseits der Straße. Das Grundstück mit dem maroden Gebäude wollte niemand haben, doch uns blieb keine andere Wahl, dieses Haus wurde uns vom Staat zugeteilt. Noch war es ein unverputzter Ziegelbau doch wenn es einmal fertiggestellt wäre, träumte ich, würde es ein hübsches Anwesen sein. Die rot gestrichenen

Fensterläden waren erst der Beginn der Verschönerung.

Der Teil des Anbaues, der einmal mit Wohnzimmer und Badezimmer das Haus aufwerten sollte, wird wohl noch länger der nackte Ziegelbestand bleiben. Wir lebten sehr bescheiden mit voller Hoffnung auf ein gemeinsames, besseres Leben. Ich wünschte mir vor allem eine freie Zukunft. Was war daraus geworden? Mein Günther ,ein liebevoller Ehemann der stur und volkstreu seinen Dienst beim Zoll versah. Dass er diesen Partei Prognomen hörig war, gegen die ich, Theresa, demonstriert hatte, konnte ich nicht verhindern.

Ich überlegte, was meine kleine Lena mit ihrem Reim sagen wollte, während ich die roten Fensterläden betrachtete.

Diese fünf Kilo Farbe kamen durch einen Zufall in meinen Besitz. Denn diese rote Farbe hätte die Aufgabe gehabt, die Bahnhöfe entlang der Oststrecke etwas aufzuputzen. Doch der Mensch ist erfinderisch wenn es darum geht sein karges Budget aufzustocken. Ein wenig Nebeneinkünfte konnte jeder brauchen. Der Tausch Farbe gegen einen schönen von mir kunstvoll gestalteten Zwiebeltopf wurde rasch abgewickelt. Dieser Topf gefiel dem Bahnbediensteten gut und er wollte mit diesem Tauschgeschenk seiner Frau eine Freude bereiten. Wem fiel es schon auf, bei mehreren Tausend Farbtöpfen, wenn einer im Lager fehlte? Die Wirtschaftspolitik der DDR war nach meiner Erfahrung auf Vorratsdenken ausgerichtet. Wenn von einer Sorte viel zu beschaffen möglich war, dann wurde der Bestand vergrößert bis ins Unendliche. Das Pech war nur, dass es zum Beispiel ausreichend Farbe gab, aber keinen Plan wo soll zuerst gestrichen werden. Bis der Befehl von oben nach unten durchexerziert war, wären die Farbtöpfe längst eingetrocknet. Die meisten Menschen nahmen das Schicksal einfach hin. Die Parteiführung dachte und organisierte für sie, das war schön und bequem. Für einen Großteil war es richtig so, sie kannten es nicht anders. Ich wollte über mein Leben selbst bestimmen. Leider war dieses Revoluzzer- denken nicht erwünscht. Berlin war weit weg, auch die dunklen Mächte, die mich wegen meines Andersdenkens bedrohten, würden mich hier nicht suchen. Hier war ich sicher, die Grenze nicht weit. Das war meine Hoffnung. Ein Ausreise-Visum hatte ich einmal heimlich beantragt. Das Formular verschwand auf dem Weg zum zuständigen Beamten, ich erhielt nie eine Absage, auch keine Zusage. Als Ehefrau eines Grenz-Soldaten wäre eine Ausreise sowieso nicht genehmigt worden.

Die Grenznähe verhalf mir gedanklich über vieles hinweg. Obwohl ich auch nicht hinüberschauen konnte, so vermittelte die unmittelbare Nähe für mich das Gefühl, wir leben vor dem Tor zur Freiheit.

Die Tage, wenn ich meinen Günther vom Dienst abholen durfte genoss ich besonders. Ich ging bis knapp vor das Zollgebäude aber nur in Sichtweite bis zur großen Buche, den Posten wollte ich nicht direkt begegnen. Sie lösten immer ein wenig das Gefühl der Angst ein. Das war paradox weil ja mein Günther auch als Grenzer seinen Dienst versah und seine Uniform bei uns im Schrank hing. Ich liebte ihn, so war er für mich ein Beschützer und keine Bedrohung. Gleichzeitig fühlte ich mich ständig beobachtet. Ich sprach auch kein Wort zu Hause, das irgendwie volksfeindlich ausgelegt werden konnte. Ich schrieb es einfach auf wenn ich mit meiner Wut nicht anders konnte, und verbrannte dann das Geschreibsel. Das war zu der Zeit, als einige meiner Freunde plötzlich verschwanden, weil sie offen ihre Meinung äußerten. Gedanken konnten noch nicht kontrolliert werden, das war meine einzige Freiheit. Beim Malen schaffte ich auch meinen Gefühlen Ausdruck. Meine Bilder zeigen immer verstecktes Aufbegehren, aber das sah zum Glück nur jemand der ein wenig tiefer blickte.

Die Parteibonzen interessierten sich nicht mehr
für die unbedeutende Theresa, das redete ich mir
immer wieder ein. Ich hatte es einmal gewagt mit
Gleichgesinnten damals in Berlin, gegen das
Regime zu demonstrieren. Mein Pech war, dass
meine Freunde schon länger im Visier der Stasi
standen. So wurde ich auch gleichzeitig mit den
anderen zu drei Jahren Haft verurteilt. Ich stand
unter Schock, als ich so unschuldig hinter Gittern
gelandet war. Die erste erniedrigende Vorschrift
lautete: „Ausziehen, Beine breit machen und
niederbeugen." Die verschiedenen Dienstränge
waren im Raum versammelt: Leutnant,
Obermeister, Oberwachmeister. Wobei sie
allesamt eines verband, das war ein sadistisches
Vergnügen. Alle wollten uns unsere Würde
nehmen. Wir hatten zwar nur friedlich und
vermeintlich demokratisch für eine volksnähere
Politik protestiert. Keiner von uns war ein Dieb
oder Mörder, im Gegenteil, alle lebten nach den
Grundsätzen, gemeinsam arbeiten und teilen. Die
Meinungsfreiheit und auch etwas sagen zu
dürfen, was nicht richtig lief, dafür kämpften wir.
Trotzdem wurden wir alle zu Haftstrafen
verurteilt. Viel später wusste ich, welches Glück
ich hatte, dass ich nur in ein sogenanntes
Umerziehungs-Gefängnis kam. Die grauenvollen
Behandlungen, die sogenannte
Republikflüchtlinge erfuhren, sind fern von jeder
Vorstellungskraft.

Ganz unerwartet wurde ich nach einem Jahr in die Freiheit entlassen! Wie hatte ich diesen Tag ersehnt, meine Kinder wieder in die Arme schließen zu können. Groß sind sie geworden, und dünn. Während meiner „Umerziehung" betreute die beiden Kinder der Vater, der das Haus an der Grenze auch für die Familie wohnlich einrichtete. Während seiner Dienstzeiten wurden sie im staatlichen Kinderhort betreut. Sein Parteifreund hatte es durchgesetzt, dass ich nach einem Jahr wieder frei kam, obwohl ich zu drei Jahren verurteilt wurde. Dabei hatte ich noch Glück, wenn der Staatsanwalt eine schlechte Nacht gehabt hätte, oder seine Frau ihn wieder einmal genervt hätte, wäre ich wahrscheinlich zu sechs Jahren verurteilt worden.

Wem ich diese Begnadigung verdankte, ahnte ich nicht. Mein Mann Günther der als Zollwachebeamter beim Staat angestellt war, spionierte auch für die Stasi, das erfuhr ich aber erst viel später .Deshalb wurde ihm Haus an der Grenze auch zugeteilt. So konnte er die Berichte ungestört verfassen, All das wusste ich damals nicht. Für ihn war ich als seine rebellische, vom Staat verurteilte Frau ein Strafpunkt in seiner Akte. Wegen meines Anders-Denken wurde er zu einem unbedeutenden Grenzposten am südlichsten Zipfel abkommandiert. Das sagte Günther zu mir und er hoffte dass ich mich in diesem einsamen Haus wieder meinem Kunstschaffen widmen würde, so bliebe wenig Zeit zum Protestieren.

Der unheilvolle Tag begann ganz normal wie immer, ich nützte den frühen Morgen, um das Haus sauber zu machen und zu kochen. Am Vormittag brachte ich der Obfrau der örtlichen Parteizentrale einen selbst gebackenen Kuchen auf einem von mir bemalten Teller für das kommende Partei-Fest.

Ich hasste diese Feiern mit ihrer Doppel-Moral, doch wenn ich nicht wieder ins Visier der Obrigkeit gelangen wollte musste ich mich fügen. Diese „Freundin" Anneliese, ein grobschlächtiges Weib, die sicher in ihrem früheren Leben Aufseherin im sibirischen Gulag gewesen ist, fuhr mich sofort unfreundlich an: „Warum kommst du nicht regelmäßig zu unseren Freundschaftstreffen? Du weißt doch dass wir für die Gemeinschaft und das Volk viel beitragen." Ihre zackige Stimme bereitete mir Angst und Schrecken. Sie erinnerte mich wieder an die Zeit meines Gefängnisaufenthaltes. Das kurzgeschnittene hellblonde Haar war straff zurückgekämmt, ihre wasserblauen Augen blickten schräg hinter den hellen Wimpern in meine Richtung. Ich vermied es, sie anzusehen, ihre Gegenwart machte mir Angst. Doch das durfte sie nicht merken.

Ich versprach kleinlaut, dass ich beim nächsten Fest ganz sicher mit Mann und Kinder kommen würde. Auch bei den Vorbereitungen würde ich meinen Beitrag leisten, wie Kuchen backen und Tische dekorieren. Diese Zusammenkünfte verliefen immer nach demselben Schema. Wenn ich nur an die Fahnenapelle während der Schulzeit denke, kommt mir das Grausen. So ähnlich waren auch diese Parteifeste.

Zu Hause, kurz vor dem Mittagessen war noch immer alles normal, bis auf den verhängnisvollen Satz meiner kleinen Tochter.

Lena, mein zierliches Mädchen hüpfte von einem Bein auf das andere. Ihr weißes T-Shirt und die Hosen wiesen einige Flecken auf. Sie lachte vergnügt und unbeschwert. Ihre Bernsteinaugen bekamen goldene Punkte. Die dunkelblonden Haare tanzten mit im Takt. Sie sprang umher und sang:

„Mama, ich weiß etwas was du nicht weißt. Der Drache in den Schwanz sich beißt."

Sie konnte es offenbar nicht erwarten, ihr großes Geheimnis zu verraten. Ich erlöste meine Tochter und fragte interessiert:

„Was gibt es denn so Wichtiges, was ich nicht kenne?" Während dessen versuchte der große

Bruder Karsten die Schwester zum Schweigen zu bringen, indem er sie anfuhr:

„Du blöde Kuh, mach dich nicht schon wieder wichtig. Mama was gibt es denn heute zu essen?"

Ich schaute nachdenklich meine beiden Kinder an:

Lena zog beleidigt eine Schnute, weil ihr Bruder Karsten verhindern wollte, dass sie endlich ihr Geheimnis preisgeben durfte.

Karsten sah aus, wie ein Wikinger-Kind. Die weißblonden halblangen Haare fielen in die Stirn. Seine gebräunten Arme und Hände wiesen ein paar Schrammen auf, die vom Abenteuer-Spielen mit seinen Freunden stammten. Die etwas zu kurzen Hosen waren durch das häufige Waschen gebleicht und etwas zerschlissen. Er hatte immer eine Schar von guten Freunden um sich mit denen er sich herumtrieb. Keine Burgmauer war zu hoch, kein Fels zu gefährlich für sie. Die „Eroberung der Umgebung" war die Devise von ihm und seinen Freunden. Obwohl sie hier sehr abgeschieden lebten, hatte er in der Schule sofort einen Freundeskreis erobert. Heute bekamen seine blauen Augen wieder diesen durchdringenden, dunklen ängstlichen Blick, als er die Frage an die Mutter richtete, was es zum Mittagessen gäbe.

Warum wollte er nicht, dass Lena ihr Geheimnis verrät?

„Lena, was wolltest du mir erzählen?"

„Gestern, als du einkaufen warst, waren zwei Männer mit Uniformen in unserem Haus und haben mit Papa gesprochen. Ich habe sie nicht gekannt, seine Kollegen vom Amt kenne ich, die waren es nicht. Sie haben leise geredet, doch ich habe gehorcht. Sie sagten, es sei höchste Zeit, ein Sicherheitszaun wäre beschädigt bei der großen Buche in der Nähe vom Zollgebäude. Wildschweine hätten gewütet und die Hochspannung zerstört. Sie müssen noch diese Woche reparieren, bevor jemand das merkt. Wichtig sei es die Grenzen wieder dicht zu machen weil es seit einiger Zeit keine Minen gäbe. Einer von denen sagte, merk dir das: der Drache beißt sich in den Schwanz, der Drache beißt sich in den Schwanz. Das ist das Code-Wort. Dann haben sie nur geflüstert, und ich konnte nichts mehr verstehen. Mama, was heißt denn dicht machen. Was sind Minen? Sind das die Bleistift-Minen für die Schule?"

Alle meine Sinne waren aktiviert.

Wenn Lena alles richtig verstanden hatte, gab es an der Grenze eine Sicherheitslücke obwohl sie noch besser bewacht wurde als je zuvor. Seit durch internationalen Druck im Jahr 1985 die tödlichen Landminen an der Grenze entschärft waren, wurde sie mit elektrischen Stacheldraht-Zäunen verstärkt gesichert. Außerdem waren alle paar Kilometer Wachtürme mit Soldaten ständig besetzt. Doch der Waldabschnitt bis zur großen Buche konnte durch die Türme nicht eingesehen werden. Deshalb sicherte ein Zaun diesen Grenzbereich.

„Karsten, hast du die Männer auch gesehen?"

Lena hatte oft eine blühende Fantasie, deshalb sollte mir der große Karsten Gewissheit geben.

„Ja, es waren Offiziere, jedoch keine Kollegen von Papa, aber das interessiert mich nicht", brummte er.

Ich konnte es einfach nicht glauben. Es gab eine Sicherheitslücke im strengst bewachten Grenzzaun der Welt, und diese Lücke wurde von Wildschweinen geschaffen. Dieses Wissen war Gold wert.

Welchen Ausweg gab es sonst für mich? Dies war die einmalige schicksalhafte Gelegenheit, rechtzeitig über die Grenze zu fliehen, solange es möglich war. Mit meinen geliebten Kleinen.

Ich handelte spontan und unüberlegt.

Ich musste fliehen, bevor die Grenze wieder unüberwindlich würde. Meinen Mann konnte ich nicht einweihen, der war sicher dagegen. Gleich in der Nacht würde ich dieses Wissen vom kaputten Grenzzaun nützen. Diese Chance kommt nie wieder. Ich musste gehen, mit meinen Kindern. In eine andere freie Welt.

Ja, westwärts in eine freie Welt, westwärts durch das Tor zur Freiheit, die ich mir so sehr gewünscht und erträumt hatte. Dorthin würde ich gehen. Dass dort drüben im Westen das Leben auch nicht besser und ehrlicher war, konnte ich damals nicht wissen.

Ich packte nur das Allernötigste, einige Dokumente und Erinnerungsfotos und wartete auf die Dunkelheit. Günther, mein Mann hatte Spätdienst, das war schicksalhaft, er würde niemals mitkommen. Ich schrieb ihm einen Abschiedsbrief und hoffte, dass er einen Funken Verständnis für mich haben würde und dass seine Liebe so stark wäre, um zu verzeihen. Auf den Küchentisch stellte ich ein Bild von mir und darunter legte ich einen Brief.

„MEIN GELIEBTER GÜNTHER ICH BIN SICHER DASS WIR UNS IRGENDWANN WIEDERSEHEN DOCH ICH MUSS IN DIE

FREIHEIT. DIE KINDER NEHME ICH MIT
WEIL SIE SONST IN EIN KINDER HEIM
GEBRACHT WERDEN WEIL DU DEN
DIENST FÜR DIE DDR-REPUBLIK LEISTEN
MUSST. LENA UND KARSTEN SOLLEN DIE
WELT IN FREIHEIT KENNENLERNEN – ICH
LIEBE DICH Theresa

Nach Anbruch der Dunkelheit weckte ich die
Kinder und sagte:

„Wir gehen rasch noch hinter dem Zoll-Laden
einkaufen, ich habe heute erfahren, dass es wieder
einmal konfiszierte Ware gibt. Eventuell
Bananen und Schokolade. Vielleicht bekommen
wir auch was davon ab. Morgen ist sicher schon
alles weg und ich wollte mich nicht stundenlang
an der Schlange deswegen anstellen. Wir werden
Papa mit den Leckerbissen überraschen. Zufällig
habe ich davon erfahren als ich bei der Partei-
Obfrau war. Sie sagte zu ihrer Freundin, sie
müsse abends wieder zum Zoll, da wusste ich
Bescheid. Uns hätten sie nie von dieser
Gelegenheit erzählt. Ich kann nicht so schwer
tragen, deshalb müsst ihr beide bitte mit mir
gehen."

Die Kinder kannten den Weg, wir spazierten ab
und zu in diese Richtung und begaben uns im
Grenzladen auf Schnäppchen-Jagd. Es war
offiziell verboten, denn dort wurde

beschlagnahmte Ware weiter verkauft. Die zuständigen Beamten drückten meistens beide Augen zu. So wurde auch das Budget mancher Genossen aufgestockt. Deshalb wunderten sich die Kinder nicht so sehr über meinen Vorschlag. Solche Kostbarkeiten aus dem feindlichen Ausland gab es ganz selten, und man erhielt sie nur wenn man schnell handelte oder zu den eingeweihten Privilegierten gehörte.

Wir gingen los, die Kinder anfangs etwas widerwillig, doch die Aussicht auf Schokolade beschleunigte ihre Schritte. Kurz vor der großen Buche nahe dem Zollgebäude beschwindelte ich die Kinder noch einmal.

„Wir machen eine Abkürzung durch den Wald, dann sind wir rascher zu Hause. Für Euren Vater soll es eine Überraschung sein, er darf uns nicht begegnen".

Karsten schaute mich misstrauisch an: „Mama, bist du sicher, dass es auch richtig ist, was wir tun."

Er hatte mich offenbar durchschaut, doch er ging trotzdem mit.

Wir streiften durch das dichte Unterholz, durch hohes Gras und Lena wurde weinerlich.

„Mama, ich will nach Hause ich habe Angst."

Nur noch ein kleines Stück Weg und wir sind
da."

„Mama, aber es ist doch so dunkel hier, wo kann
man da einkaufen? Wir haben uns sicher verirrt."

„Kommt, wir schlüpfen da unter den
Stacheldrahtzaun, wir haben uns wahrscheinlich
doch verirrt." Flüsterte ich.

Karsten mahnte ängstlich: „Mama, du weißt doch
dass diese Zäune unter Hochspannung sind. Das
ist lebensgefährlich"

„Der nicht, Lena hat doch gesagt, dass es da eine
Lücke gibt", flüsterte ich zurück.

Und wirklich, die Wildschweine hatten ganze
Arbeit geleistet, ein tiefes Erdloch ließ ein
leichtes Durchschlüpfen unter den Zaun zu. Das
Elektroseil hing lose vom Stahlpfosten und das
Zaungitter war untergraben.

Als wir nacheinander durchkrochen, war
plötzlich grelles Licht zu sehen. Die riesigen
Scheinwerfer einer Grenzpatrouille leuchteten die
Strecke des Zaunes ab. Waren es die
Grenzschutz-Soldaten gemeinsam mit meinem
Mann Günther? Haben sie uns entdeckt? Das
wäre eine Katastrophe. Nein, wir Drei blieben in
der Dunkelheit unentdeckt. Es war anscheinend
ein Auto im Westbereich. Mein Herz pochte vor

Angst, und ich blieb einen Augenblick stehen, um Luft zu holen. Das Loch unter dem Zaun war deutlich zu erkennen. Die Kinder waren bereits durchgeschlüpft, ich kroch hinterher.

Ach, geschafft, dachte ich. Wir sind schon in der Freiheit. Einige Meter hinter der Grenze haben wir es geschafft und wir sind frei. Ich wollte schon einen Jubelschrei ausstoßen.

Doch plötzlich, ein donnerndes Geräusch am Waldboden! Durch das Unterholz raste ein riesengroßes borstiges Vieh auf uns zu. Nun ist alles aus. Ich stellte mich schützend vor meine Kinder. Was dieses Ungeheuer darstellte konnte ich nicht erkennen, mein einziger Gedanke war nur, hoffentlich schreckt es vor dem Stacheldrahtzaun zurück.

Ein ohrenbetäubender Knall, ein quietschender Schrei. Das Blut spritzte und bedeckte uns mit rotem warmem Saft. Stille. Schmerzhafte Stille! Ein riesiges Nichts erlöste mich in die gnädige Ohnmacht.

Zum ersten Mal nach dreißig Jahren habe ich diesen Tag in Worte und Schrift gepackt und in mein Tagebuch geschrieben, was ich damals fühlte.

Wenn ich diese Zeit auf Papier verbannt habe, werde ich mich bemühen, zu vergessen. Ich habe

im Vorjahr auch vergessen, den Herd
abzuschalten, sodass meine Küche in Flammen
stand. Ich erinnere mich, dass plötzlich die
Feuerwehr vor der Tür stand. Ich wusste nicht
weshalb. Ich war im Wohnzimmer ein wenig
eingenickt, das war doch kein Grund, meine Tür
aufzubrechen und mich auf die Straße zu tragen.
Ich wurde ins Krankenhaus gefahren und alles
fühlte sich an, als ob die Zeit stehen geblieben
wäre plötzlich war er wieder da, der Juli 1988

Juli 1988

Die Wand die sich vor meinen Augen zeigte, war
weiß, strahlend weiß. Ich schaute in ein fremdes
Gesicht, das leise sprach: „Wie geht es Ihnen,
Frau Theresa, haben Sie Schmerzen?" Die
Stimme gehörte einer weiß gekleideten Gestalt,
die dieselbe Frage wiederholte.

Weshalb sollte ich Schmerzen haben, ich war
doch in der Wolke gut gebettet. Nur der Durst
plagte, der Mund war trocken und rau, warum?
Die weiß gekleidete Gestalt ergriff meine Hand.

Von meinem Handgelenk aus wurden Schläuche
an das Kopfende des Bettes zu Flaschen geleitet
die dort oben baumelten. Was war geschehen, wo

war ich? Die fremde Person sprach mich wieder an. „Sie haben alles gut überstanden, nun schlafen Sie und dann sehen wir weiter."

Die Wolke zog mich wieder nach oben und beförderte mich in einen wunderschönen glänzenden Raum mit vielen Gestalten die mir vertraut erschienen doch trotzdem konnte ich sie nicht namentlich zuordnen. Riesige rote Blumen und dahinter eine Gestalt in Uniform mit blanken Goldknöpfen und Orden an der Brust die mich anlächelte und mit dem Zeigefinger komm, komm zu mir, deutete. Ich gehorchte nicht, daraufhin fiel ich in eine finstere Schlucht und alles war wieder still und schwarz. Ist das dieselbe Theresa, mit ihren roten Locken, die nicht zu bändigen waren, genau wie ihre grünen Augen wenn sie zornig blitzten wenn Unrecht geschah. Oder wenn sie wieder einmal ihre Leidenschaft beim Malen eines Bildes austobte. Dieses schwache Bündel Mensch war ich, die Theresa?

Als ich wieder erwachte, standen Karsten und Lena, meine beiden sechs und achtjährigen Kinder neben dem Bett.

„Ach, Lena, Karsten was ist geschehen, warum liege ich hier in diesem Bett und ihr steht daneben?" Ich sah, wie über Lenas Wangen Tränen kullerten und Karsten der Große sie an die

Seite stupste und sagte: „Mama, du hast lange geschlafen, doch nun wird alles gut. Lena, stell dich nicht so an, du weißt doch, dass Mama sich nicht aufregen soll."

Ich wollte aufsitzen, doch es gelang nicht. Ich war zu schwach, spürte eine Hitze an den Beinen und gleichzeitig hatte ich das Gefühl, als ob der Körper mit Gas gefüllt sei und jeden Augenblick explodieren könnte. Langsam kehrte die Erinnerung an jenen Abend zurück: Ich war mit Lena und Karsten durch den Wald gelaufen, doch weshalb was wollte ich dort?

Lena half mir mit ihrer unbekümmerten Art weiter. „Mama, wir wollten Bananen einkaufen und Schokolade, plötzlich war da ein Blitz alles war rot und dann weiß ich auch nicht mehr, was geschah. Fremde Männer haben uns getragen. Die Tante Hilde sagt dauernd. Was das für eine unverschämte Leichtsinnigkeit sei, kleine Kinder durch die stockdunkle Nacht über die Todesgrenze zu führen. Ich weiß doch, dass du auf uns aufpasst und uns nur eine Freude machen wolltest."

Während Lena das sagte, ahmte sie die hohe Stimme von Tante Hilde nach. Diese Hilde ist meine Schwester, die vor einigen Jahren während eines Studienaufenthaltes ihren Mann kennengelernt hatte und zu ihm nach Kassel gezogen war. Durch die Heirat mit einem Westdeutschen wurde ihr die Ausreise erleichtert. Einmal war ich zu Besuch bei ihr. Ich hatte ein kurzes Ausreise-Visum erhalten, doch mein Mann Günther durfte nicht mit. Das reichte für die nächsten Jahre, später durfte ich nicht mehr raus, jedes Visum-Ansuchen wurde ignoriert. Ich erinnere mich an damals. Das Wohnhaus meiner Schwester war im Vergleich zu ihrem Bau an der Grenze eine Luxusherberge. Trotzdem, die kahlgeschorene Rasenfläche davor mit den Wachsbegonien in Reih und Glied bepflanzt, erinnerte mich an einen Friedhof und auch drinnen war alles kalt. Ich durfte mich zwar auf die Wohnzimmer-Couch setzen, doch bei jeder Bewegung blickte meine Schwester Hilde ängstlich, ob nicht ein Kekskrümel sich in die Falte des Sitzplatzes verirrte. Was nützte all dieser Luxus, wenn man ihn nicht genießen konnte, da war mir das Haus an der Grenze mit all den unfertigen Räumlichkeiten viel lieber. Wenn nur dieses starre System mit der ständigen Bedrohung der Parteiwirtschaft nicht wäre.

„Lena, warum sprichst du von Tante Hilde, die ist doch in Kassel zu Hause, du kennst sie doch gar nicht."

Kaum hatte ich das ausgesprochen, ging die Tür auf und meine Schwester Hilde trat an mein Bett. „Du, was machst du hier?"

Die Angesprochene säuselte mit süßsaurem Lächeln.

„Na, was wohl, wenn ich deine einzige Verwandte im Land bin, was sollten deine Kinder ohne mich anfangen? Für zwei Wochen dürfen sie bei mir Urlaub machen, anschließend werden sie wahrscheinlich in Marienfelde in Westberlin untergebracht. Die Ausländerbehörde hat mich verständigt."

Ich kannte mich noch immer nicht aus. Das Gehirn ließ nur Bruchstücke der Erinnerung zu. Dass ich meine Schwester gebeten hätte, die Kinder zu betreuen, daran konnte ich mich beim besten Willen nicht entsinnen.

Während ich noch verzweifelt nachdachte, trat das Ärztekollegium zur Visite in das Zimmer und Hilde und die Kinder mussten den Raum verlassen. Die Infusionsflaschen wurden gewechselt, das freundliche fremde Gesicht der letzten Tage das ich immer im roten Nebelschleier gesehen hatte war der Arzt der wieder fragte, ob ich Schmerzen habe.

„Nein, aber ein Gefühl als ob ich in einem fremden Körper wäre und ich habe wohl dumpfe Schmerzen in den Zehen, kann sie aber nicht bewegen."

Das fremde Gesicht wurde ernst und stellte sich als Oberarzt Müller-Coburg vor.

„Liebe Frau Theresa, mehrere Schutzengel begleiteten sie auf ihrem Weg, sonst wären sie nicht hier. Wir haben getan was in unserer Macht stand, doch einen Marathon zu laufen wird Ihnen wahrscheinlich nicht mehr möglich sein. Ihr Unterschenkel war nicht mehr zu retten. Das Wichtigste ist, Sie leben für ihre Kinder."

Das konnte nicht sein, dieser Weißgekleidete irrte sich, ich habe ja Schmerzen in den Zehen. Sicher werde ich wieder laufen können. Er hat mich mit jemand anderen verwechselt. Damals als ich mit Lena und Karsten einkaufen wollte, wie lange war das her, es war dunkel und ich bin sicher in einen kleinen Graben gestürzt, daran erinnerte ich mich. Ich hätte nicht die Abkürzung durch den Wald nehmen sollen, das war dumm und leichtsinnig von mir, wahrscheinlich ist der Fuß gebrochen und deshalb lag ich im Gips hier im Bett, deswegen auch dieses ballonartige Gefühl. Das war ärgerlich doch ich konnte es nicht mehr ändern. Ich befand mich in einem Gewissenskonflikt, weil ich nun meine Schwester Hilde wirklich bitten musste, einige Zeit die Kinder zu betreuen. Dieser Aufgabe war diese sicher nicht gewachsen, wo sie doch selber nie eigene Kinder hatte.

Meine Stimme, die Theresa gehörte, krächzte:
„Herr Doktor, Sie irren sich, meine Zehen tun mir weh, wie kann das sein, sicher werde ich wieder laufen können, wenn alles verheilt ist."

„Wahrscheinlich ist das nur der Phantom-Schmerz, ich gebe Ihnen ein Mittel zur Beruhigung, morgen sieht die Welt schon anders aus."

Als die Ärzte das Zimmer verlassen hatten, kamen wieder Hilde und die Kinder Karsten und Lena herein. Hilde wusste anscheinend Bescheid, denn sie war noch blasser als sonst und jammerte.
„Wie kannst du nur so leichtsinnig sein, Thea. Du warst ja als Kind schon so eigensinnig. Warum hast du nicht um einen Besuch bei mir angesucht und wärest einfach geblieben?"

„Wo ist Günther, mein Mann?"

Plötzlich war wieder alles schwarz um mich.

Weshalb Besuch ansuchen, in welchem Bett lag ich und weshalb war meine Schwester bei mir? Mir fehlte jede Erinnerung, das einzige was ich erkannte waren die Kinder und meine Schwester.

„Du weißt dass wir nicht ausreisen dürfen, weshalb bist du bei mir? Ohne meine Kinder würde ich nirgendwo hingehen. Ich war deshalb sogar einige Tage in Haft, weil ich mein Kind

nicht in den Hort geben wollte, trotzdem wurde
ich gezwungen, es zu tun." Die
Beruhigungsspritze wirkte schon, denn ich hörte
meine eigenen letzten Worte nicht mehr...

Ich sah noch im Nebel, wie Hilde mich mitleidig
anschaute und dann verließ sie leise mit Lena
und Karsten das Zimmer.

Ich war ich wieder allein, und einige
Erinnerungsstücke kehrten zurück.

In diesem alten Haus an der Grenze fanden wir
wieder Zuflucht und Frieden. Einige Zeit lief es
auch gut, doch plötzlich drohten dunkle Wolken
um ihre Scheinidylle zu zerstören. Diese Wolken
sah nur ich. Ich hatte ständig Angst vor
Bespitzelung und fürchtete mich vor den Partei-
Feiern.

Wenn ich länger darüber nachdachte erkannte
ich: Trotzdem, es war nicht alles schlecht
damals. Jedes Ding hat immer zwei Seiten,
damals sah ich leider nur die negative das lag an
meinem aufmüpfigen Naturell.

Ich versank nochmals in ein tiefes Nichts.
Wasserstrudel kamen mir entgegen und ich hatte
das Gefühl zu ertrinken.

Schwarze Schleier verdeckten dann wieder die Gedanken, schnürten mich ein und verboten einen Blick auf das Gestern.

„Wie geht es Ihnen heute, Frau Theresa, haben Sie Schmerzen?"

Wieder diese unvermeidliche Frage des Arztes. Langsam kannte ich jede Geste auswendig. Wie lange ich schon in diesem Bett lag, wusste ich nicht. Ich sah nur immer die Flaschen über meinen Kopf, die sich manchmal nachts in Ungeheuer verwandelten. Doch ich war gefesselt und konnte nicht fliehen, nicht aufstehen. Nicht fliehen? Wohin und warum?

Wieder kamen Bruchstücke der Vergangenheit ans Licht.

Ich erinnerte mich wieder, wie dieser Tag begann und mit der Flucht endete:

Ich fürchtete mich vor der Erinnerung. Es war zuweilen eine Starre in meinem Körper die fast wehtat. In den hellen Augenblicken drückte mein Gewissen doch die Bilder an diesem verhängnisvollen Tag kamen wieder.

„Ich weiß etwas, was du nicht weißt, der Drache in den Schwanz sich beißt."

„Karsten, hast du die Männer auch gesehen?" Lena hatte oft eine blühende Phantasie.

„Ja, es waren Fremde keine Kollegen von Papa, aber das interessiert mich nicht", brummte er.

Wieder und immer wieder hörte ich diese beiden Sätze.

„Nur noch ein kleines Stück Weg und wir sind da."

„Mama, aber es ist doch so dunkel hier, wo kann man da einkaufen?"

„Kommt, wir schlüpfen da unter den Stacheldrahtzaun, wir haben uns wahrscheinlich verirrt."

Ein ohrenbetäubender roter Knall, ein Schrei. Stille. Ein riesiges Loch dazwischen wo Theresa vorher mit Lena und Karsten war.

Dann – Schwarze Stille.

Alles war still und schwarz. Beim Entschärfen der Minen entlang der Grenze wurde offensichtlich eine todbringende vergessen, das Wildschwein war darüber gestampft und explodiert. Das Schwein wollte nur sein Revier verteidigen und fand den Tod. Nichtsahnend wurde es ein Selbstmord-Attentäter.

Wie ich ins Krankenaus gekommen war, wusste ich nicht. Grenzer von „ drüben" hätten sie gerettet, erfuhr ich später. Ich war allein. Wo waren Lena und Karsten?

Ich musste mich dem Schicksal stellen, ich war schuld. Denn nur ich wollte auf die andere Seite, weil ich dachte, dass hier grenzenlose Freiheit uns erwarten würde. Für diesen Glauben habe ich sogar meinen Mann Günther verlassen. Ob er deshalb Schwierigkeiten mit seinem Chef hatte? Denn nur er kannte das Geheimnis vom kaputten Zaun, er könnte geplaudert haben. Ich wünsche ihm, dass er glaubhaft versichern kann, dass er nichts verraten hat.

Hier im Westen erhoffte ich mir Frieden und Freiheit zu finden, doch ich sollte sehr bald erfahren, dass es ein Paradies auf dieser Welt nicht gibt.

Die nächsten Wochen waren grauenvoll für mich und ein einziger Alptraum für die Kinder. Diese waren bisher die freie, tolerante Erziehung der Mutter gewöhnt. Der Vater war zu sehr in seinem Dienst involviert, sodass er für die Familie nicht viel Zeit und Interesse aufbrachte. Nun müssten sie sich in das strenge, akkurate ordnungsliebende Tante Hilde-Haushaltsleben fügen. Zusätzlich kamen noch ständig Leute von der Jugendbehörde, denn obwohl sie deutsch sprachen, sie galten als Kinder einer Flüchtigen als Ausländer +und waren womöglich Spione.

Die Beamten der Ausländerbehörde waren sehr freundlich, doch trotzdem wurden die unsinnigsten Fragen gestellt. Wie ich mir das Leben im Westen vorgestellt hätte, weil ich ohne irgendwas einfach über die Grenze ging. Woher ich das Geheimnis der Grenzlücke kannte sollte ich erklären. Kein Beamter glaubte mir, dass durch Zufall mein kleines Mädchen dies erlauscht hätte. Immer wieder sagte ich, ich wollte einfach in Freiheit leben und arbeiten, nicht mehr und nicht weniger. Für meine Kinder sollte die weite Welt offen stehen. Sie sollten studieren können, wo immer und für was sie Freude und Interesse hätten. Dies war mein einziges Ziel und das Motiv in den Westen zu gehen. Ich beteuerte immer wieder, dass ich vom Wildschwein-Zaun-Loch nur durch meine kleine Tochter wusste und ganz spontan gehandelt hätte. Ich konnte nicht ahnen, dass entlang der Grenze noch immer einige Minen versteckt waren, die einfach vergessen wurden.

Worin bestand der Unterschied zwischen den Verhörmethoden der Stasi und den Befragungen der Beamten im Westen? Im Grunde waren alle gleich. Immer wieder wurden Fragen wiederholt und am Ende wusste man gar nicht mehr was man geantwortet hatte.

Diese Tortur brachte wieder längst Vergessenes aus meiner DDR-Vergangenheit hervor. Wie in einem Film sah ich alles noch einmal. Mein Leben, meine Wünsche und Träume am Anfang unserer Ehe.

Ich ließ das Kunststudium sausen, weil sich Karsten ankündigte. Was für eine große Freude! Ich würde Bilder zu Hause malen und verkaufen. Ideen sprudelten in meinem Kopf, wie ich zusätzlich Tonkrüge formen und bemalen würde. Ich war überzeugt gewesen, Absatzmärkte dafür zu finden. Wie sehr hatte ich mich getäuscht, meine Werke wollte niemand kaufen. Wahrscheinlich hatte ich auch die Kaufkraft meiner Mitbürger überschätzt. Die meisten waren wie wir froh, wenn sie monatlich über die Runden kamen. Für ein Auto sparte man jahrelang. Da wird man doch nicht das Geld in Form eines Bildes an die Wand hängen.

Alles im Haushalt wurde knapp, meine Ideen vertrockneten wie die Farben in den Töpfen. Die Pinsel starrten traurig wie einzelne Halme in der Wüste blind und grau aus dem Becher. Ob sie je wieder feucht und freudvoll kräftig die Farben mischen und Fantasiegebilde auf die Leinwand zaubern dürfen? Ich erinnerte mich, als mir das erste Mal die Unterdrückung durch den Staat mit aller Härte bewusst wurde. Bisher hatte ich wie alle Bürger ein ähnliches Leben. Der Staat organisierte, befahl und wenn man mit der Menge schwamm und nicht auffiel, war es ein relativ gemütliches Leben. Meine beiden Eltern waren Lehrer an der Grundschule in einem Dorf nahe Berlin. Für mich, als einzige Tochter hieß das, ordentlich zu den Morgen-Apellen anzutreten wegen der Vorbildwirkung. Aber es bedeutete auch, dass ich später das Glück hatte, Kunstgeschichte zu studieren. Die frühe Heirat mit Günther und die Geburt meines Kindes rüttelte mein gemächliches Leben mächtig durcheinander. Nebenbei erhielt ich von einem Professor Unterricht in darstellender Kunst. Dies wurde meine eigentliche Leidenschaft. Ich war enttäuscht, dass ich Karsten, kaum dass er laufen lernte, in einen Kinderhort zur Betreuung geben musste. Während der Betreuungs-Zeit musste ich in einer Fabrik arbeiten. Ich durfte das Kunststudium nicht weiter besuchen, denn ich durfte für die Volkswirtschaft auch einen Beitrag leisten. Später, als die kleine Lena dasselbe Schicksal erfahren sollte, hatte ich gewagt dagegen und für die Meinungsfreiheit zu protestieren und wurde daraufhin zu Haft verurteilt. Ich wünschte mir, in den ersten Jahren bei den Kindern zu sein. Die Geborgenheit der Mutterliebe für das Leben als so wichtige Erfahrung wollte ich ihnen mitgeben. Das Regime hatte andere Vorstellungen und Gesetze. Die Volkswirtschaft benötigte jede einzelne Arbeitskraft.

Deshalb überlegte ich nicht lange, als ich von der Lücke im Zaun und somit von einer Schwachstelle der Grenzbewachung erfuhr, ich musste fliehen. Meine geliebten Kinder sollten immer bei mir sein. Später würde Ihnen die Welt offen stehen, sie sollten reisen dürfen, wohin sie ihr Verlangen trug. Nicht erst nach behördlicher Bewilligung in ein bestimmtes Land. Aber nun liege ich im Krankenhaus und meine Kinder wurden weggebracht. War alles umsonst?

2. August 2014

Wo bin ich? Sind meine Gedanken wieder 25 Jahre zurück geflogen

Irgendwann musste ich doch eingeschlafen sein, denn ich erwachte um zwei Uhr am Morgen. Zerschlagen und müde drehte ich mich auf die andere Seite und hoffte auf einen erholsamen Ausklang der Nacht. Der Schlaf kam, am nächsten Morgen stand Karsten mit seiner Frau vor meinem Bett und sprach.

„Mama, wir werden deine Wohnung und deine Lebensgewohnheiten umgestalten. Zu deiner eigenen Sicherheit werden wir eine neue Küche ohne Herd einbauen lassen. Du erhältst Essen auf

Rädern. Es lohnt sich doch nicht, für dich allein zu kochen."

Ich war zu schwach um dagegen anzukämpfen. Ich ließ es einfach geschehen.

Das Tor zur Freiheit hieß nun: Entmündigung.

Kaum war er weg, kamen wieder die Erinnerungen, die ich nun akribisch aufschreibe.

„Heute verlassen wir das Zimmer und gehen ein wenig in die Sonne hinaus, Frau Theresa."

Warum die Pfleger mit den Heiminsassen immer mit der Wir-Form sprechen ist ein eigenes Kapitel.

Ich richtete mich ein wenig auf, setzte mich zurecht und schaute verdrossen drein. Die Schwester Gisela meinte es sicher gut mit mir, aber ich war nun schon zwei Monate in dem Rehabilitationsheim und ich spüre mein linkes Bein noch immer nicht. Die Theresa bin wieder ich, doch mein Bein will nicht in das neue Ich.

„Weshalb sollte ich in die Sonne gehen? Es ist doch dasselbe, am Balkon zu sitzen oder im Zimmer zu bleiben."

Ich ließ mich doch überzeugen, um des Friedens willen und saß dann allein auf der Terrasse und die Gedanken schweiften zurück.

Wo sind die Freunde geblieben. Sie
verschwanden ins Nichts und haben sich
verflüchtigt wie die Wolken am Sommerhimmel.
Wohin ist der Sommer geflohen? Noch immer
sehe ich das Paradies: Die Bienen summen mit
den Hummeln um die Wette, eifrig von Blüte zu
Blüte eilend um den süßesten Nektar der
Dahlienblüten zu sammeln. Der Park vor dem
Haus stand noch in voller Blüte. Stille nach Heu
und letztem frischem Gras duftende Welt. Die
Ahorn-Blätter leuchten schon gelb aus den
Büschen, die zart orangefarbigen Rosen zeugen
vom baldigen Sterben. Einige sind prall erblüht,
während andere die vertrockneten Blätter
abwerfen um dann als Samenkapsel wieder für
neues Leben sorgt. Stille. Ab und zu ein keckes
Zwitschern eines Vogels oder das Gurren der
Tauben. Ein Paradies mit einem Kratzer im
Spiegel. Diese Welt will man mit anderen teilen,
gemeinsam sich freuen und überschwänglich
jedes Blümchen bewundern. Einsamkeit ist selbst
im schönsten Garten Eden ein Trauerspiel. Die
Freiheit, die ich mir vor einem halben Jahr so
bunt und schön vorgestellt hatte, wie sieht sie
wirklich aus?

Die ersten Wochen erlebte ich gnädig eingebettet
in Wolken des Vergessens und des Träumens.
Während manchen Wachphasen spürte ich
Karsten und Lena in meiner Nähe. Diese

Augenblicke wurden leider seltener und blieben ganz aus. Ich erfuhr von meiner Schwester Hilde, dass beide vorerst in einem Kinderheim untergebracht seien und dass es ihnen gut gehe. Ich wurde aus dem Krankenhaus entlassen und in das Reha- Heim überstellt. Ich war noch immer nicht fähig, zu laufen. Mit Krücken gelang es mir, zur Toilette oder ins Bad zu humpeln, doch weiter kam ich nicht. Ich war gefangen in meinem geknickten Körper.

Das Gewissen über meine überstürzte unüberlegte Flucht plagte mich Tag und Nacht. Ich dachte immerzu an meine Lena und meinen Karsten.

Wie sie freudestrahlend ihr Geheimnis verriet, dass sie gehorcht hätte was ihr Vater mit den fremden Männern besprochen hatte. „Ich weiß etwas was du nicht weißt, der Drache in den Schwanz sich beißt." Ja der Drache hat sich in den Schwanz gebissen. Innerhalb einer Stunde fasste ich den Entschluss, die Chance zu nützen, und in den Westen zu fliehen. Das war der schicksalshafte Tag, der 18. Juni 1988!

Ach, wenn dieses verdammte Wildschwein uns nicht in die Quere gekommen wäre, sähe auch alles anders aus. Aber nein, diese blöde Sau wollte noch einmal gründlich wühlen und sich suhlen im Dreck und das frisch gewonnene Revier verteidigen. Wir waren schon durchgeschlüpft durch das Loch unter dem Zaun, da wollte uns dieses Schwein von ihrem selbst erarbeiteten Territorium vertreiben. Es stampfte und ertrotzte dadurch den eigenen Tod. Eine Fügung des Schicksals verschonte uns. Meine Schuld büße ich mit dem verlorenen Unterschenkel, Schmerzen und lebenslanges Hinken.

Ein Blick auf die Uhr zeigte mir, es ist Zeit zur Physiotherapie. Das Gehen durch die endlos langen Gänge des Gebäudes forderte jedes Mal meine letzte Kraft. Ich muss mich überwinden, auch wenn jeder Schritt schmerzt und ich befürchte über die glänzenden Böden zu rutschen. Die Türen sehen alle gleich aus, weiß mit beigen Randleisten. Ich habe das Gefühl allein auf einer Mondkapsel zu spazieren, endlich bin ich da. Ich warte, bis ich aufgerufen werde, fünf lange Minuten stehen vor der Tür ist nochmals eine Qual. „Frau ", schnarrt es aus dem Lautsprecher.

Der Therapeut Edwin begrüßte mich, ohne von seinem Schreibtischplatz aufzusehen und sagte:

„Zuerst trainieren wir den Gleichgewichtssinn, Sie schließen die Augen und gehen dieser am Boden markierte Linie entlang."

Ich befolge mühsam die Anweisung und schleife mein Bein wie gewohnt, ohne es zu fühlen nach.

„Nein, nicht mit den Krücken, Sie sollen es ohne
bewältigen, meine Liebe. Sie haben lange genug
geübt." Edwin tut so, als ob ich zu faul wäre,
seine Anweisungen zu befolgen. Er ist
inzwischen aufgestanden und steht breitbeinig vor
mir mit strengem Blick, die Arme verschränkt das
Polo-Shirt und die weiße Hose zeichnet das Bild
eines Sportlehrers. Er hat leicht reden. Er spürt
sicher alle seine Muskeln, und trainiert täglich im
Fitnessraum. Ich bin froh, wenn ich mit einem
Bein die Kraft aufbringe, das andere
nachzuschleifen.

Entweder war es mein zerstörtes Bein oder die
ausweglose Situation, die mich verzweifeln ließ.

Bisher dachte ich, ich könnte mein Leben selbst
gestalten, doch ich musste einsehen, dass ich das
nie gelernt hatte. Bisher wurde jede Kleinigkeit
vom System bestimmt und organisiert, ich hatte
keine Ahnung, wie man eine Bleibe für die Nacht
erhielt. Noch war ich krank und damit auch im
Sozialgefüge der staatlichen Krankenkasse.

Zwei Wochen vor Weihnachten wurde ich
entlassen, man könnte nichts weiter für meine
Genesung tun. Meine Kinder, die ich um jeden
Preis immer bei mir haben wollte, sind mir
genommen worden, ich selber bin ein Krüppel,
geistig wie körperlich. Den goldenen Westen
hatte ich mir anders erträumt.

10. August 2014

Gestern wurde ich aus dem Krankenhaus entlassen: Es muss was Schlimmes passiert sein, ich weiß nur nicht was. Morgen schreibe ich wieder. Die letzten Wochen ähneln in einer gewissen Weise den Erlebnissen von damals 1988. Die Krankenhaus-Atmosphäre brachte die Erinnerung zurück. Ich werde die Jahre und Erlebnisse vergessen, doch vorher will ich alles aufschreiben. Die Diagnose traf mich hart, ich will es nicht wahrhaben. Karsten hat für alles gesorgt. Die Wohnung wurde gesäubert, die Küche erneuert (ohne Herd) Ich darf nicht mehr kochen. Weshalb? In den wenigen bewussten Momenten verstehe ich das. Mein Gehirn löst sich auf, wurde mir gesagt. Es sei eine seltene Form von Demenz, die noch nicht erforscht sei. Am Ende könne ich mich nicht einmal mehr an meinen Namen erinnern. Eine Horror-Vorstellung ist das. Noch klammere ich mich an das Wort „Fehl-Diagnose" Deshalb schreibe ich alle Erinnerungen auf. Wenn ich meine Vergangenheit auf Papier sehe, vielleicht kann ich dem vollständigen Verlust des Gedächtnisses entgegen wirken. Obwohl die Zeit nach meiner Ankunft im Westen sehr schwer war, will ich sie nicht aus meinem Leben tilgen und an den Teil der Hoffnung denken.

Das Jahr 1989

Dieses erste Halb- Jahr im Westen ist für immer
verloren aus meinem Leben, jede Erinnerung
daran wurde gelöscht, Irgendwo kreist es in
meinem Kopf trotzdem seine ewigen Runden,
glaube ich. Ja, man kann sagen, aus reinem
Selbstschutz vor der zähen schlammigen Masse
da draußen, die mich abgelehnt hat habe ich diese
Erfahrung vergessen. Meine Unfähigkeit, mich
selbst zu organisieren, wollte man nicht
akzeptieren. Man hatte mich ignoriert, nicht
wahrgenommen. Sie wollten mir keine Chance
geben, meine Person gleichwertig für die
Gesellschaft nicht annehmen. Sie wollten mich
ertrinken lassen im Selbstmitleid. Wenn man eine
Behinderung hat, wird man ausgemustert,
abgeschrieben. Die Wirtschaft verlangt nach
junger Dynamik.

Tage und Monate sind verloren und nun habe
ich mich auf eine Insel gerettet. Diese Insel
besteht aus einem Baum und einem kleinen
Vogel. Ich atme wie jeden Tag erstmals so richtig
durch, während ich mich fallen lasse. Mein Spatz
wartet auf sein tägliches Futter. Wie schön und
unkompliziert ist doch sein Leben. Ihn stört es
nicht, im Park nach Futter zu heischen, er lebt
im Jetzt und sorgt sich nicht, was morgen ist. Er

muss nicht auf Arbeitssuche gehen. Er sieht nicht den Müll in diesem Park, auch nicht die Junkies am Ende des Weges hinter den dichten Taxushecken versteckt. Ich grüße die einsame alte Frau, die an mir vorbei hastet. Die Hagere wendet ihren Blick sofort zur Seite und ich weiß, sie will mit mir nichts zu tun haben. Ihr ist wichtig, dass sie rasch zum Denkmal gehen kann, um die Tauben zu füttern. Das ist verboten, denn die Taubenkacke verunziert das ehrwürdige Denkmal. Die alte Frau tut es trotzdem, sie kann nicht anders. Täglich füttert sie heimlich die Tauben und verschwindet hinter den Büschen, als wäre sie nie dort gewesen.

Es wurde dunkel und ich musste wieder zurück in meine kleine Wohnung. Meine Schwester Hilde hat sie für mich organisiert, sie half mir wo sie nur konnte. Diese günstige Wohngelegenheit liegt am Ortsrand von Kassel in einer Sackgasse. Der Bus hält direkt vor dem Haus, das ist sehr hilfreich für mich, denn ich kann keine weiten Strecken laufen. Allerdings bin ich ja selber schuld, warum zog es mich mit aller Kraft westwärts. Meine winzige Kochnische besteht aus einer Abwasch, einem Kühlschrank und einem Gasherd, einem Tisch und Sessel. Der Schlaf- und Wohnraum zugleich ist sehr schmal aber mit Fenster zum Garten ausgerichtet, sodass es sehr ruhig ist. Die Dusche und die Toilette befinden sich am Gang. Deshalb ist diese Bleibe auch sehr günstig. Meine Nachbarn gegenüber sind ruhige, ältere Leute die ich nur einmal kurz gesehen habe. Die haben sicher den Luxus, dass das Bad in ihrer Wohnung ist, denn bisher habe ich meine Waschgelegenheit allein benutzen dürfen. Die Nachbarin schaut mich immer misstrauisch an, wenn wir uns im Flur begegnen.

Einmal sagte sie zu mi r:"Na, war es denn so schlecht im Osten, Sie werden sehen bei uns wachsen die Trauben auch etwas höher. Oder wurden Sie gar vom Geheimdienst geschickt?"

Danach schlüpfte sie rasch in ihre Wohnung.

Nach dem Endlos-Verhör der Polizeibeamten, die es einfach nicht glauben wollten, dass wir unter den Stacheldrahtzaun durchgeschlüpft sind und mich unbedingt als Spionin entlarven wollten, war ich nicht nur körperlich, sondern auch psychisch am Ende. Ich dachte, wo bleibt der Unterschied zwischen Ost- und Westdeutschland? Ist das die Freiheit?

Fast unerträglich wurde es für mich, als ich aufstehen durfte, aber meine Kinder nicht bei mir waren. Hilde erzählte mir, dass sie in einem SOS-Kinderheim untergebracht wurden.

Was sonderbar ist, dass ich vom gesamten Umbruch und den Demonstrationen im Osten nichts mitbekommen habe. Dieses Jahr bleibt ein weißer Fleck in meinem Leben.

Als ich so halbwegs wieder gehen konnte, im Jänner 1989 suchte ich bei der Behörde um Unterstützung an. Außerdem benötigte ich als Ausländerin eine Aufenthaltsgenehmigung. Mir kam es paradox vor, ich bin Deutsche und spreche dieselbe Sprache. Ich schleppte mich zum Passamt und wartete im Flur, bis ich an der Reihe war. Zu meiner Überraschung erwies sich der Beamte als überaus freundlich und hilfsbereit. Ich erhielt eine Dauer-Aufenthaltsgenehmigung.

Damit war erstmals der Weg frei und ich durfte bleiben. Ob jemand in die DDR zurück geschickt worden wäre? Der Westen war vor einiger Zeit noch mein Traumziel gewesen. Freiheit, alles schön und gut, jedoch Freiheit bedeutet auch, selber für den Lebensunterhalt zu sorgen. Jetzt holte mich die Realität ein. Ich wollte arbeiten. Doch das war leichter gesagt als getan, ohne Reserven, von irgendwas musste ich leben. ich hatte doch keinen richtigen Beruf erlernt. Der Schulabschluss allein und die paar Semester meines Studiums waren keine gute Referenz für eine Anstellung. Zusätzlich als Handicap erwies sich meine Beinverletzung, die man äußerlich nicht mehr sehen konnte, doch irgendwelche Nervenbahnen hatten die Minensplitter zerstört, sodass ich es nicht normal bewegen konnte, ich

hinkte. Ohne Prothese als Unterschekel-Ersatz
und ohne Gehhilfe war es unmöglich zwanzig
Meter zu bewältigen. Außerdem wurde längeres
Stehen auch eine Qual.

Ich suchte wieder einmal Trost bei meinem Spatz
im Park, neben mir die Zeitung mit den
Stellenanzeigen. Da setzte sich ein älterer Herr
neben mich auf die Bank. Sein Krückstock lehnte
neben meinem und er lächelte mich an. „Na,
diese beiden sind sicher Brüder" und er deutete
auf die beiden Geh-Hilfen. Ich schaute in seine
grauen Augen und erkannte, dass er es tröstlich
gemeint hatte und antwortete. „Ja, es sieht so aus,
als würden diese beiden sich verstehen."

Er stellte sich als Franz Huber vor und erzählte,
dass seine Verletzung noch vom letzten großen
Krieg stammte. „Und was ist Ihnen widerfahren,
Fräulein, ein Autounfall?"

Herr Huber wirkte auf mich so
vertrauenserweckend, sodass ich ihm meine
Geschichte erzählte. Er hörte aufmerksam zu und
sagte darauf.

„Frau, es ist ein Wahnsinn, was Menschen
anrichten, Kriege, Grenzen alles für nichts. Dabei
bin ich überzeugt, dass dieses Regime im Osten
sich nicht auf Dauer hält. Irgendwann wird es
den Menschen zu viel des Unter- Drückens und

sie wehren sich. Man hört ja schon, dass es überall brodelt. Die Ungarn haben ihre Grenzen zu Österreich schon geöffnet. Es ist alles nur eine Frage der Zeit."

„Herr Huber, ich kann nicht glauben, dass sich irgendetwas ändert. In den letzten Monaten war ich mit mir selber und meiner Verletzungen beschäftigt gewesen, alles andere rund um mich interessierte mich nicht."

Er machte einen Blick auf meine Zeitung, der Annoncen-Teil war zu sehen und sagte: „Sie suchen sicher eine passende Arbeitsstelle. Vielleicht kann ich Ihnen helfen. Ich habe gute Kontakte zur Uni. In der Verwaltung oder beim Archiv, das wäre doch das Richtige für Sie."

Ich dachte, ich träumte, das wäre ein wunderbares Geschenk für mich. Wenn ich ein eigenes Einkommen vorweisen könnte, dürfte ich endlich meine Kinder zu mir holen. Mit ihnen zusammen im freien Westen leben, das war der einzige Grund für meine Flucht gewesen.

Meine Träume überholten mich. Noch hatte ich die Anstellung nicht, aber ich wünschte mir so sehr, dass alles gut wird. Tränen traten in meine Augen als ich sagte: „Herr Huber, Sie können mir wirklich zu einer Arbeit verhelfen? Ich bin Ihnen so dankbar dafür."

Er holte eine Visitenkarte aus seiner Jacke. „Das wirkungsvollste ist, wenn ich Sie zur Vorstellung begleite. Wir treffen uns übermorgen vor dem Haupteingangs-Tor der Uni in der Stadt. Ich werde morgen Vorbereitungen treffen, sodass alles vorsondiert ist." Damit verabschiedete er sich und ging langsam auf seinem Stock gestützt weg. Auf seiner Visitenkarte war ersichtlich, dass er Dozent an dieser Universität Kassel ist. Meine Hoffnungen und Träume stiegen ins Unermessliche.

Die folgenden zwei Nächte schlief ich sehr schlecht. Die Aufregung steigerte sich und wurde auch nicht weniger, als ich meine Schwester Hilde bat, mir was zum Anziehen zu borgen. Ich hatte nichts Passendes für diesen Anlass. Denn mein Kleiderschrank bestand aus sechs paar Unterwäschen, einem dunkelblauen Rock, einer weißen Bluse und einer beigen Jacke. Diese Sachen hatte ich im Krankenhaus von einer netten Schwester erhalten. Während der Woche trug ich einen rosa Pulli und einen Jeansrock. Ich war seit meiner Jugendzeit nicht sehr verwöhnt worden mit teuren Kleidungsstücken. Meine Eltern verdienten kein Vermögen. Doch weil auch alle anderen Kinder außer der Schuluniform nichts Außergewöhnliches besaßen, fehlte es mir nicht. Meine überstürzte Flucht geschah ohne einen Gedanken an den nächsten Tag. Jetzt stand ich vor einem Dilemma. Hilde war so nett und lieh mir ein beiges Kostüm mit passender bunter Bluse. Weil ich im letzten Jahr auch an Gewicht verloren hatte, passte es. So stand ich zehn Minuten vor der vereinbarten Zeit beim Eingangstor zur Universität. Ich sah viele Menschen aus und eingehen. Die meisten waren Studenten, die in Gruppen ganz lässig an mir vorbeischlenderten und mich gar nicht beachteten. Die Zeit verging und der Herr Dozent Huber war nirgends zu sehen. Ich wurde langsam nervös. Hatte er den Termin vergessen, oder habe ich mich umsonst so sehr auf diese Stelle gefreut?

„Haben sie den Termin mit Herrn Dozent Huber?" Eine hübsche Frau mit blonder Hochsteckfrisur sprach mich an.

„Ja, das bin ich. Ich habe mit Herrn Dozent Huber einen Termin vereinbart." Sie lächelte und sagte: „Ich weiß, aber er hat leider keine Zeit und hat mich gebeten Sie ins Büro zu führen. Ich bin seine sogenannte rechte Hand, Karin Lange"

Sie lotste mich sehr sorgsam und ohne Hast hinein, ich bewunderte ihren wiegenden Gang und ihr schönes blaues Kostüm, als ich hinter ihr herhinkte. Zum Glück gab es auch einen Lift, denn mein Arbeitsplatz würde im Keller des Traktes sein. Sie führte mich in einen Raum mit Schreibtisch und Kopiergerät. Auch ein

Monstrum einer Maschine, das ich später als Computeranlage offenbarte, befand sich dort. Frau Karin Lange lächelte: „Ja, es wirkt nicht sehr luxuriös und einladend, aber ich denke Sie werden sich mit den Geräten bald anfreunden. Und für uns wäre Ihre Arbeit hier unten eine große Erleichterung." Mir war alles recht, egal welche Arbeit, Hauptsache ich konnte bald meine Kinder zu mir holen.

Die Anmeldung mit meinen Zeugnissen und der Aufenthaltsgenehmigung wurde im Parterre in der Personalabteilung erledigt. Was ich noch nicht zu diesem Zeitpunkt wusste, dass ich auch eine Arbeitserlaubnis gebraucht hätte. Mein Glück war, dass wir schon das Jahr 1989 schrieben und in nächster Zeit sowieso alles anders sein würde. Doch an diesem Tag wusste ich das noch nicht. Ich durfte am nächsten Morgen meinen Dienst antreten, das reichte an diesem Tag, um glücklich zu sein. Mit dem Bus war es für mich relativ einfach in die Stadt zu gelangen.

So begann ich meinen Dienst im Keller der Universität Kassel mit freudiger Erwartung. Meine Aufgabe bestand zunächst darin, Akten und Schriftstücke der Professoren zu kopieren und zu ordnen. Die Arbeit fiel mir sehr leicht, obwohl ich abends sehr müde war und mein kaputtes Bein schmerzte. So paradox es klingt ich war sogar froh über den Schmerz, denn das gab mir Hoffnung, dass irgendwann die Nervenbahnen wieder die normale Funktion erfüllen würden. Noch spürte ich mein Bein so, als ob es aus Wachs wäre, doch wo Schmerz ist, da ist auch Leben.

Nach einer Woche besuchte mich Herr Dozent Huber an meinem Arbeitsplatz und ich bedankte mich für seine Hilfe. Er lächelte und antwortete: „Für uns sind Sie eine große Unterstützung und ein Glücksfall. Es ist gar nicht so einfach, tüchtige Menschen zu finden, die diese Arbeit im Keller machen wollen."

Nach einigen Wochen durfte ich sogar vorübergehend ins Parterre übersiedeln um die Sekretärin zu unterstützen. Ich half ihr Karteikarten für die Studenten auszufüllen. Diese Kartei wurde akribisch geführt. Zuerst trugen sich die Studenten der jeweiligen Studienrichtung in Listen ein. Es war eine sehr aufwendige Arbeit. Denn bei jeder Karteikarte wurden später auch die Prüfungsergebnisse vermerkt. Auch die Sammelzeugnisse mussten dann eingetragen werden. Also Arbeit gab es zum Glück genug. Die Zeit verging, der Monat neigte sich dem Ende zu und ich wurde ins Personalbüro zitiert, ich sollte meine Bankverbindung nennen, denn mein Gehalt wurde überwiesen. Daran hatte ich bisher nicht gedacht. Ich war achtundzwanzig Jahre alt und bisher hatte ich das Geld als Jugendliche von meinen Eltern erhalten. Später gab mein Mann Günther mir das nötige Haushaltsgeld. Wenn ich ein gemaltes Bild oder eine Keramik von mir verkaufen konnte, wurde es entweder bar oder in Naturalien bezahlt. Ich denke wieder an meine rote Farbe und bekomme Heimweh nach unserem Häuschen. Was mein Günther in dem letzten Jahr gemacht hatte? Ich wünsche nur, dass er nicht allzu große Schwierigkeiten wegen meiner Flucht bekommen hatte. Denn die Stasi würde sicher glauben, dass er mir das Geheimnis von der Lücke verraten hatte. Dieser Gedanke verfolgte mich wie ein Alptraum und war ein Teil meiner Schuld. Ich bat meine Schwester Hilde, dass sie mich zu ihrer Hausbank begleitete und eröffnete mein erstes West-Konto, es war ein ganz eigenartiges Gefühl. Einerseits war ich stolz, andererseits war ich im Westen noch nicht richtig angekommen. Meine Schwester war mir in den Jahren, wo wir uns nicht sehen durften doch ein wenig fremd geworden. Ich war dankbar, dass sie mir trotzdem zur Seite stand. Was hätte ich wohl ohne sie gemacht.

30. August 2014

Nach einer Pause schreibe ich wieder.

Seit zwei Tagen kann ich an nichts anderes mehr denken als an die Jahre nach meiner überstürzten

Flucht. Als müsste ich all diese Zeit nochmals erleben. Ich schreibe, und während dessen ich die Erinnerung schriftlich fest-halte ist sie aus meinem Kopf verschwunden und vergessen. Es ist wie ausgelöscht. Ich lese die Zeilen und denke: Das habe ich gesagt, so gehandelt, so gelebt, geliebt, gehandelt. Vor fünfundzwanzig Jahren.

Oktober 1989

Der Herbst 1989 kündigte sich mit Stürmen an. Die Kastanien färbten ihre Blätter und ich konnte mir endlich vom erst verdienten Geld eine warme Jacke kaufen. Immer stärker wurde der Wunsch, endlich meine Kleinen wiedersehen zu dürfen. Auch bei diesem Ansinnen musste ich meine Schwester um Hilfe bitten. Denn sie wusste bei welchem Jugendamt ich wegen einer Besuchserlaubnis anfragen durfte. Das Kinderheim lag in Fulda, das wäre nicht so weit von Kassel entfernt. Mit dem Zug könnte ich dorthin gelangen. Doch leider sagte die zuständige Referentin, ein Besuch sei psychologisch nicht vertretbar. Die Kinder wären durch die Flucht traumatisiert und sie müssten sich erst an die neue Umgebung gewöhnen. Die Behörde hat schon wieder die Macht über ihre Mitbürger, wo bleibt der Unterschied zwischen Ost und West? Ich war verzweifelt.

Mitte Oktober waren die Demonstrationen im Osten nicht mehr zu überhören. Bei meiner Arbeitsstelle sprachen alle Kolleginnen davon. Sie wollten wissen, was ich davon hielte. Ich konnte nur sagen, ich hätte nie gedacht, dass ich das einmal erleben würde. Allerdings standen diese Ereignisse von drüben für mich im Hintergrund. Vorrangig war für mich ein Wiedersehen mit Lena und Karsten. An einem folgenden Sonntag hielt ich es nicht mehr aus. Ich setzte mich um sieben Uhr früh in den Zug und fuhr nach Fulda. Die Adresse hatte ich, also konnte ich bis zum Kinderheim gelangen. Mein Herz raste und ich war mir noch nicht sicher, was ich tun würde. Wenn ich meine Lena und Karsten in die Arme schließe. Ich würde sie nie mehr loslassen. Handle ich richtig, was fühlen die Kinder, wenn ich komme und dann wieder gehen muss? Ich stand vor dem großen Tor und öffnete es. Zu meiner Überraschung war es nicht abgeschlossen, so gelangte ich in den Innenhof. Da kam aus einer Seitentür eine Frau mit einem Wäschekorb, sie wollte hinter dem Gebäude Betten zum Lüften bringen. Ich sprach sie an: „Entschuldigen Sie, wissen Sie wo ich Lena und Karsten finde?"

Sie sah mich an: „Wer sind Sie und haben Sie eine Besuchserlaubnis?"

„Ich bin die Mutter, ich will sie nur wieder einmal sehen."

Die Frau zögerte und sah meinen flehentlichen Blick. Schweigend wies sie mich in einen Seiteneingang des Gebäudes.

„Die Kinder spielen hinten im Hof Korb-Ball. Kommen Sie hier in den Waschraum, da können Sie vom Fenster aus die Kinder beobachten, ohne dass sie uns sehen. Mehr darf ich Ihnen nicht erlauben sonst habe ich Schwierigkeiten mit der Heimleitung."

Die Frau hatte ein gutes Herz und tat genau das Richtige. Sie stieß nicht gegen ein Verbot, doch trotzdem schenkte sie mir einen kurzen Augenblick des Glücks.

Ich sah meine Lena und meinen Karsten wie sie wild die Bälle warfen mitten in der Schar anderer Kinder. Natürlich gewann Karsten der große Kämpfer die Oberhand, doch Lena machte viel durch ihre Wendigkeit wett und war auch nicht viel schlechter.

Tränenblind verließ ich, der Frau von Herzen dankend das Gebäude.

Die Fahrt zurück nach Kassel war ein Ringen mit Glück und Schmerz. Einerseits war ich glücklich, dass ich meine Kinder gesund und fröhlich erleben durfte, andererseits war das Leid, sie nicht in die Arme schließen zu dürfen, fast nicht zu ertragen.

Wie war es nur möglich, die nächsten Tage zu bewältigen. Es gab niemand, der mir in meinem Kummer beistehen konnte. Die Bürokollegen wollte ich nicht mit meinen privaten Sorgen belasten, auch nicht meine Schwester Hilde. Unsere Eltern leben nicht mehr, und wenn sie noch leben würden wäre es fast unmöglich den Kontakt in die DDR herzustellen. Ich hatte bisher nicht den Mut und die Kraft, meinem Mann Günther zu schreiben. Wahrscheinlich hätte er den Brief gar nicht erhalten, sicher machte ihm die Stasi Schwierigkeiten, weil seine Frau ein Republikflüchtling ist. Schwester Hilde bin ich schon genug zu Dank verpflichtet. Die vergangenen Monate vermochten nicht mehr als eine Probezeit im Westen darstellen. Bevor ich nicht eine solide Grundlage für die Erfüllung meiner Mutterpflicht vorweisen konnte, hatte es keinen Sinn beim Jugendamt ein Ansuchen zu stellen. Meine ganze Hoffnung setzte ich nun in die folgenden Weihnachts-Feiertage. Niemand kann so herzlos sein, das gemeinsame Feiern mit meinen Kindern zu verweigern.

Der Nebel der ersten Novembertage verdichtete sich zu einer grauen, undurchdringlichen Wand. Auch mein Innerstes war wie zugefroren. In der

Universität herrschte eine sonderbare Erwartungshaltung. Selbstverständlich verfolgte ich auch mit Spannung die täglichen Nachrichten. Doch im Gegensatz zu meinen Kollegen glaubte ich nicht im Traum an eine friedliche Lösung des politischen Desasters. Ich schlief schlecht, träumte von meinem Mann Günther, wie er die Waffe auf mich gerichtet hatte. Ich schrie: „Günther, ich bin es, deine Frau!" Doch aus meinem Mund sprangen Luftblasen, wie Seifenblasen, die immer bunter und größer wurden, ich rang nach Luft. Zum Glück wachte ich auf und schleppte mich mühsam in die Küche, um ein Glas Wasser zu trinken. Die Angst, diesem Alptraum eine Fortsetzung zu geben, zwang mich wach zu bleiben. Zwanghaft betrachtete ich meine unmittelbare Umgebung. Die Küche war sehr spartanisch eingerichtet, doch für meine Bedürfnisse war es genug. Mein einst weißer Holzsessel hatte auch schon ein wenig Farbe verloren, das konnte man dem Tisch nicht auf Anhieb ansehen, weil er mit einer Tischdecke geschützt war. Ich nahm mir vor, Farbe zu besorgen und meine Einrichtung aufzumöbeln. Bis Weihnachten müsste mein kleines Reich ein Schmuckstück sein. Dieser Gedanke bereitete mir so viel Freude und Mut, sodass ich mich doch wieder ins Bett wagte und die nächsten Stunden traumlos schlief und am

Morgen voll positiver Gedanken erwachte und zur Arbeit fuhr.

Die Nachrichten im Radio überschlugen sich und die Spannung erreichte seinen Höhepunkt. Tausende Landsleute von mir gingen in Ost-Berlin auf die Straße um für eine gerechte, freie Politik zu demonstrieren. Ich hatte ein schlechtes Gewissen, wäre ich noch im Osten würde ich mit ihnen gemeinsam auf der Straße stehen. Ich wünschte nur eines: Hoffentlich gibt es keinen Schießbefehl. So wie ich meinen Mann kannte, wusste ich dass er ohne viel nachzudenken dem Befehl folgen würde und ich betete zu einem Gott, der uns sicher über die Grenze geholfen hatte. Ich sagte zu ihm: Du hast mir schon eine schwere Aufgabe für mein Leben gestellt, lass dafür meine restliche Familie in Frieden leben. Mein Günther soll nicht gezwungen werden, auf seine Landsleute zu schießen, mit dieser Gewissenslast könnte ich nicht leben.

5. September 2014

Die Erde ist rund, sie dreht sich um die eigene Achse. Während ich die Erinnerung von damals niederschreibe, denke ich wieder an Günther. Ich war zu sehr mit mir beschäftigt sodass ich nicht merkte, wie groß seine Schuldlast aus jener Zeit war. Er erzählte nie von den Vorfällen an der Grenze während seiner Dienstzeit. Zu Hause angekommen, zog er seine Uniform aus und parodierte: „Keine besonderen Vorkommnisse." Meistens lachten wir beide über seinen Miliz-Jargon. Später nach unserer Wiedervereinigung ertränkte er die Vergangenheit in Alkohol. Wahrscheinlich vergaß er so wie ich heute die einfachsten Dinge vergesse. Schuld daran war der Alkohol. Bei mir ist das anders. Ich spüre in meinem Innersten, es ist eine schleichende Krankheit, die mein Gehirn austrocknet. Das spüre ich in manchen lichten Momenten. Meistens verschließe ich mich vor der Wahrheit. Vergessen, das passiert anderen, aber nicht mir.

Gestern lief der Wasserhahn obwohl ich fest überzeugt war, ihn nach dem Händewaschen abgedreht zu haben. Lena kam unverhofft zu Besuch und lief sofort ins Bad und schimpfte mit mir wie ein Rohrspatz. „Mama, wenn du weiter so vergesslich bist, kannst du nicht mehr allein in der Wohnung bleiben. Wir müssen dich in ein Heim unterbringen."

Darüber wurde ich sehr wütend und schrie zurück. „Das könnte dir so passen. Wer hat damals gesagt: Der Drache in den Schwanz sich beißt. Hä? Ist es nicht Strafe genug, ein Bein zu verlieren. Du warst schuld, dass ich über die

Grenze wollte. Es sei eine große Lücke am Zaun, das Geheimnis hast du verraten."

Lena wurde toten blass und flüsterte nur: „Ich war damals ein Kind und verstand nichts von allem.

Sie rannte davon ohne die Tür zu schließen.

Heute tut mir alles Leid und ich bin mir selber fremd. Das war nicht ich, das habe nicht ich gesagt. Das war eine andere böse Person. Ich liebe meine Lena sehr, wie konnte diese Person ihr die Schuld an meiner Behinderung geben. Sie war ein kleines, unschuldiges Kind und ging mit mir mit. Sie verstand nichts von meinem Vorhaben zur Flucht. Sie hatte Angst, als wir die „Abkürzung" durch den Wald liefen. Ich habe ihr vorgelogen, dass wir so rascher zum Grenzladen kämen um einzukaufen.

Wahrscheinlich hatte ich nur einen schlechten Traum und Lena war gar gestern nicht hier. Ich bin nun ganz sicher, sie war vor drei Wochen bei mir und wir aßen ganz entspannt und vergnügt den Kuchen, den sie mitgebracht hatte. Tee kann ich mit dem Wasserkocher zubereiten, den haben sie mir erlaubt, er schaltet sich von selber aus.

Heute halte ich die Gedanken an den November 1989 fest und schreibe.

Erinnerung an den

9. November 1989

Ein Tag, der Geschichte schreibt, dieser neunte November. Es war wie eine Lawine, die über die Mauer hinweg rollte und sie zermalmte. Ich kann heute nicht sagen, ob ich über diese Entwicklung glücklich war. In meinem Innersten herrschte eine Zerrissenheit. Weshalb hatte ich das Leben meiner Kinder und meines so leichtfertig aufs Spiel gesetzt, um in den Westen zu gelangen. Zwanzig Monate später gehen alle über diese Grenze, als hätte es nie eine Todeszone gegeben.

In der Universität arbeitete kein Mensch. Alle verfolgten die Nachrichten und jubelten als die Grenzen geöffnet wurden. Sie wunderten sich, weil ich, wie erstarrt daneben saß und scheinbar freudlos diese Euphorie miterlebte.

Was nun? Wie kann ich meinen Mann Günther gegenübertreten und sagen, „Da bin ich wieder." Wie wird er reagieren, weil ich ihn verlassen habe. Damals war es eine spontane Entscheidung, nein es war die Reaktion langjähriger im Unterbewusstsein geplanter Fluchtgedanken. Ich musste das Wissen vom Loch am Grenzzaun für den Weg in die Freiheit nutzen, ich hätte es mir nie verziehen, wenn ich es nicht versucht hätte. Wie sollte es weiter gehen?

Herr Dozent Huber kam am 10. November zu mir in das Archiv. „Was sagen Sie zu dieser Entwicklung, Frau Theresa? Wenn alles so gut weiter verhandelt wird, steht einer Wiedervereinigung mit dem Osten nichts mehr im Weg."

„Ich muss ehrlich gestehen, ich kann es noch immer nicht glauben. Doch eine Bitte hätte ich, dürfte ich nächste Woche für drei Tage einen vorgezogenen Urlaub in Anspruch nehmen? Der Großteil der Inskribierenden ist erledigt. Ich möchte wieder ein Ansuchen stellen, meine Kinder in meine Obhut zu bringen."

Mein Vorgesetzter lächelte freundlich und sagte: „Selbstverständlich, beantragen Sie im Personalbüro die Zeit, die Sie benötigen. Alles Gute."

Damit verabschiedete er sich und mir fielen die nächsten Tage schon leichter. Ich versuchte auch, mit meinem Günther in Verbindung zu treten. Telefonisch war er nicht erreichbar. Vielleicht ist er auch in den Westen gegangen, um uns zu suchen, Ängste windeten sich in mein Gehirn.

Wie wird mein Günther auf meine Behinderung reagieren. Ich bin nicht mehr dieselbe Frau, die er geheiratet hatte, keine sportliche Läuferin, sondern eine Gebrochene mit einem kaputten

Hinkebein. Vor diesem Wiedersehen fürchtete ich mich.

Die Jugendbehörde machte mir diesmal keine Schwierigkeiten. Anscheinend war das Tauwetter auch bis zu ihnen gedrungen. Ich erhielt die Genehmigung meine Kinder zu sehen. Für den Anfang wurde es mir gestattet, beide zu den Wochenenden zu mir zu holen. Ich fühlte mich endlich glücklich am Ziel. Zu meiner Überraschung verlief unser erstes Treffen so aus, als ob wir nur für ein paar Tage getrennt wären.

Meine Lena überbrückte mit ihrer lebhaften unschuldigen Art meine Hemmung. Sie plauderte wie immer munter drauflos.

„Mama, ich habe dir ein Bild gemalt. Im Kinderheim habe ich auch eine Freundin. Die Sabine hat keine Eltern, sie sind tot. Wir wussten, dass du lebst und Papa wird uns auch bald besuchen, das hat die Tante Hilde uns verraten."

Ich konnte nur mit Mühe die Tränen unterdrücken und genauso erging es meinem Großen, Karsten, der mich ansah, einmal schluckte. „Du Mama, die Zeugnisse " . Dann legte er eine Pause ein, bevor er von seinen Schulnoten sprach und entschuldigte auch sofort das Ergebnis mit folgender Begründung: „Hier wird mit einem ganz anderen System unterrichtet, da kam ich nicht zurecht, mein Zeugnis wird leider nicht so toll ausfallen, ich muss die Klasse sicher wiederholen."

„Das spielt doch keine Rolle, du bist ein kluger Junge und wirst das alles später spielend schaffen."

Wir drei befanden uns im Zug von Fulda nach Kassel, ich durfte meine Kinder das erste Mal über das Wochenende zu mir holen, ich war glücklich. Mit Spannung erwartete ich, was sie über meine Wohnung sagen würden. Ein wenig eng würde es sein, doch ich hatte schon eine größere Wohnung im Nachbarhaus in Aussicht. Die vergangenen Wochen waren ausgefüllt gewesen mit Verschönerungsarbeiten. Ich strich und bemalte die Wände bunt, die Küchenstühle und den Tisch mit weißer Farbe. Durch meine Festanstellung bei der Uni hatte ich wieder Lebensmut gewonnen. Es dürfte nun wieder bergauf gehen.

„Am Sonntag hat uns Tante Hilde zum Essen eingeladen. Anschließend muss ich Euch leider wieder zurück ins Heim bringen. Sobald wir eine größere Wohnung haben und Euer Papa bei uns ist, werden wir wieder eine richtige Familie sein."

Ich mochte momentan nicht an den Abschied denken, doch wollte ich meine Kleinen schon jetzt darauf vorbereiten.

Durch die weitläufige Bahnhofshalle zur Bushaltestelle zu gehen bereitete mir Mühe und Schmerzen. Weshalb solche Hallen sich so riesig ausdehnten, die durch die Menschenleere und die grauen Steinböden noch trostloser und nach Abschied rochen, fragte ich mich. Karsten sah mich mitleidig von der Seite an. „Mama, laufen wir zu schnell?" Seine Augen wurden dunkel und ich sah ihm an, dass es ihm unangenehm war, als die Leute uns anstarrten. Beim Kiosk kaufte ich für beide je eine Tüte Erdbeer-Drops. Diese süße Leckerei kannten sie noch nicht und beide genossen sie und lutschten um die Wette. Der Bus bog in die letzte Haltestelle vor meiner Wohnung und mein Herz schlug mir bis zum Hals vor Aufregung. Nur noch fünfzig Meter und meine Beiden würden ihr neues Zuhause sehen. Wie würden sie reagieren? Wir stiegen aus, gingen langsam die Sackstraße entlang, vorbei an hellgelb gestrichenen Einfamilienhäusern mit Vorgärten, bis wir zu dem Vierkantbau ankamen, zu meinem ersten eigenen Domizil. Lena brach wieder einmal den Bann, als sie jubelte. „Juhu, wir haben hier einen Hof zum Spielen" Ich erzählte ihnen, dass gar nicht weit von hier auch der Bach floss und ich bat sie, nie allein dorthin zum Spielen zu gehen. Für drei Personen war meine kleine Küche nicht vorgesehen, doch zum Nebenraum der etwas höher lag, waren einige Stufen und diese wurden sogleich als Sitzgelegenheit erkoren. So saßen wir auf den Stufen und aßen jeder ein Butterbrötchen. Ein Glas Milch dazu und der erste Hunger war gestillt. Später wollte ich Kartoffeln braten und eine Bockwurst mit Salat zubereiten. Das war zwar kein Festessen im eigentlichen Sinn, aber ich wusste, dass dieses Essen beide mochten. Mein Budget erlaubte auch keine großen Ausgaben.

Danach war ein Besuch des nahegelegenen Spielplatzes vorgesehen. Die Schaukeln und Wippen gefielen beiden. Sie versuchten sich im Balancieren, schubsten sich an der Schaukel so hoch es ging, mir wurde angst und bang beim Zusehen. Obwohl der Novemberwind die Blätter von den Bäumen riss, und es sehr bald empfindlich kalt wurde, vergaßen die Kinder die Zeit. Als meine Lippen blau gefroren waren, drängte ich zum Heimgehen. Zu Hause bereitete ich Tee und es gab Kekse, die ich im Supermarkt gekauft hatte. Zum Backen war die Zeit zu kurz gewesen. Karsten und Lena schliefen in meinem Bett und ich hatte für mich eine Decke am Boden ausgebreitet und legte mich daneben. Wir versuchten dasselbe Spiel, wie wir es so oft gespielt hatten. Einer fing an, eine Geschichte zu erzählen, der nächste musste sie weiter erfinden. Die Geschichte begann selbstverständlich mit Dinosauriern die ein Ritter bekämpfte und die Prinzessin vor den Ungeheuern rettete. Lena erfand diesmal einen Ritter, der weit weg in einem fremden Land gefangen war und vergeblich versuchte frei zu kommen. Irgendwie hatte ich das Gefühl, sie verglich in ihrer Fantasie diesen Ritter mit ihrem Vater. Als beide schliefen, ab und zu ein leises Schnarchen vom Bett zu hören war, stand ich nochmals auf um beide zu betrachten. Die Straßenlaterne gewährte Im Dunkel ein wenig Licht und so konnte ich die Umrisse ihrer Köpfe sehen. In diesem Moment war ich wunschlos glücklich.

Der nächste Tag begann mit Sturmböen und Regen. Wir mussten zu Hause bleiben, die Einladung meiner Schwester Hilde verschob ich auf einen späteren Zeitpunkt. Wir spielten Karten, aßen zu Mittag eine Kartoffelsuppe und Apfel im Back-Teig. Das war rasch zubereitet und ich genoss jede Sekunde mit meinen Kindern. Doch die Zeit raste unbarmherzig und ich musste mich wieder mühsam mit ihnen durch die Bahnhofshalle quälen. Die Bahn fuhr auch viel zu schnell nach Fulda und so kam der Abschied unaufschiebbar immer näher. Diesen Schmerz kann ich nicht beschreiben. Heute weiß ich nicht, wie ich das überstehen konnte, ohne zu zerbrechen. Nur die Gewissheit, dass dieser Abschied nicht endgültig wäre, ließ mich diese Zeit aushalten.

Die freien Tage verbrachte ich mit Behörden-Besuchen. Ich wollte unbedingt die Kinder in meine Obhut bringen und auch meinen Mann Günther wieder finden. Obwohl das Haus an der Grenze, wo wir zuletzt gemeinsam lebten, nur knapp hundert Kilometer entfernt war, war es für mich unmöglich dorthin zu gelangen, ohne Auto.

Ich wusste nicht, wen ich um Hilfe bitten konnte, wo ich meinen Gatten Günther suchen sollte. Mein Brief an ihn blieb unbeantwortet, der November neigte sich dem Ende zu. Auch das vergangene Wochenende durfte ich mit meinen Kindern verbringen. Diesmal holten wir am Sonntag den versäumten Besuch bei meiner Schwester Hilde nach. Der Gatte von Hilde, mein Schwager war ein gemütlicher Typ, der mit Ruhe das nervöse Getue meiner Schwester übersah. Mit den Jahren war er auch sehr behäbig, um nicht zu sagen dick geworden, ein liebenswerter Bär. Ich mochte ihn und ich hatte das Gefühl, er mich auch. Als Hilde in die Küche ging, um den Nachtisch zu holen, erzählte ich ihm, dass ich keine Antwort auf meinen Brief an Günther erhalten hätte. Die Kinder durften ausnahmsweise im Wohnzimmer fernsehen, sodass ich im

Esszimmer mit ihm allein war. Ruhig nahm mein Schwager sein Bierglas in die Hand, betrachtete es und leerte es genüsslich. Ich dachte, dass er mich gar nicht verstanden hätte, doch nach einem genussvollen Rülpser sagte er: „Das einfachste ist, du fährst zu Eurem Haus. Das liegt ja kaum eine Stunde Fahrt von hier."

„Das ist leicht gesagt, doch ich besitze kein Auto und habe auch keine Freunde, die ich darum bitten könnte."

„Ich bin zurzeit auch ziemlich eingespannt im Geschäft. Doch ich werde schon eine Fahrgelegenheit für dich auftreiben." Er sagte das mit ruhiger Gelassenheit, die seinem Charakter entsprach und somit erübrigte sich jede weitere Frage für mich. Ich wusste einfach, er würde es organisieren.

20. 9. 2014 *Besuch von Karsten*

Ich schreibe wieder, um nicht zu vergessen, was gestern war.

Karsten besuchte mich am Vormittag. Seine Miene wirkte ernst und nachdenklich. Ich bereitete Tee und fragte, ob ihn was bedrückt. Er sagte darauf: „Weshalb hast du Lena vorige

Woche beschimpft und ihr die Schuld an deinem kaputten Bein gegeben. Sie wäre die Schuldige der Flucht in den Westen."

Ich war schockiert. „Karsten, du weißt doch wie sehr ich euch liebe. Niemals war ich böse. Außerdem war Lena vorige Woche gar nicht bei mir. Sie war mit dir gemeinsam im Vormonat da. Ihr beide seid beruflich sehr eingespannt und deshalb verstehe ich auch, dass ihr nicht so oft kommt."

Er sah mich traurig an und sagte: „Mama, nimmst du auch wirklich täglich deine Tabletten? Zeig mir die Medikamentenschachtel."

Widerwillig humpelte ich zum Schrank und gab ihm die Apotheker-Box. Sorgfältig geordnet standen die Schachteln nebeneinander, die der Arzt mir verschrieben hatte. Jede unberührt, keine einzige Pille fehlte.

Karstens vorwurfvollem Blick versuchte ich zu entgegnen: „Ich wollte die für Notfälle aufbewahren."

Er antwortete nicht, sondern verabschiedete sich mit den Worten. „Wir wollen dir nur helfen, morgen komme ich mit einer Frau, die dir ein paar Stunden täglich zur Seite steht."

Ich wollte protestieren, dass ich das nicht will,
doch er war schon weg.

Ich lese nun den Bericht den ich vorige Woche
schrieb. Da stand doch tatsächlich, die schlimme
Auseinandersetzung mit Lena und ich schrieb,
dass es mir leid tat, so ungerecht zu meinem Kind
gewesen zu sein.

Das hatte ich tatsächlich vergessen. Ich fürchte
mich vor dem Vergessen, vor dem Dunkel und
auch vor dem weißen Fleck meines Lebens. So
als ob ich nie gelebt hätte.

Die einzige Hoffnung ist für mich, zu schreiben.
Ich erinnere mich wieder an die Zeit vor
fünfundzwanzig Jahren, doch was vorige Woche
war, ist weg.

Die erste Dezemberwoche im Jahr 1989 war
geprägt von den politischen Umbrüchen in
Deutschland. Die Arbeit in der Uni wurde immer
mehr, sodass ich erst spätabends nach Hause kam.
Doch das war mir recht, das Wichtigste waren die
Wochenenden mit meinen Kindern. An einem
Freitag-Mittag sprach mich auf dem Weg zur
Mensa ein Unbekannter an: „Sie sind Frau
Theres?" Ich erschrak. Was war geschehen, was
wollte der Mann? Ich bejahte zögernd und
schaute in ein paar dunkelbraune Augen, die

Augenbrauen hatte er fragend hochgezogen.
„Mich schickt Ihr Schwager Peter, ich sollte in
der Ostzone was für Sie erledigen."

Was wollte der in der Ostzone? War er ein
Spitzel? Er musste meine Gedanken erraten
haben und lächelte. „So wörtlich habe ich es nicht
gemeint, entschuldigen Sie. Peter erzählte mir
von Ihrem Anliegen und Ihrem Schicksal, so habe
ich mich bereit erklärt, für Sie zu Ihrem früheren
Wohnort zu fahren. Ich habe in der Nähe von
Eisenach geschäftlich zu tun, so wäre ein
Abstecher zu Ihrem Wohnhaus kein großer
Umweg für mich."

Er kannte offensichtlich meine ganze
Lebensgeschichte von Peter. Ich vertraute ihm.
War es überhaupt möglich in den Osten zu fahren
und ich äußerte ihm meine Bedenken, er lachte
nur. „Sie können beruhigt sein, ich habe schon
jahrelang in dieser Gegend geschäftlich zu tun,
ich besitze ein Visum. Außerdem hat Peter mich
gebeten, nur bei Eurem Haus vorbei zu schauen,
und Ihrem Gatten Günther Ihre Adresse bekannt
zu geben."

„Ja ich habe ihm ein paar Mal geschrieben, doch
ich erhielt keine Antwort. Ich habe Angst, dass er
wegen meiner Flucht als Fluchthelfer verhaftet
worden ist. Doch er hatte wirklich keine Ahnung
von meinem spontanen Entschluss."

Ich gab ihm einen Zettel mit der Adresse unseres Hauses an der Grenze, er nannte noch seinen Namen, den ich in der Aufregung leider vergaß und als ich ihn danach fragen wollte, war er schon weg. Hoffentlich kommt er bald mit einer Nachricht, dachte ich.

Mit rasender Geschwindigkeit verflog die Zeit, es nahten die Weihnachtsfeiertage und ich hörte noch immer nichts vom Fremden, ob er meinen Mann Günther getroffen hätte. Es wäre mein heimlicher Weihnachtswunsch, wenn Karsten, Lena und Günther bei mir in der Wohnung das Fest feiern könnten.

In der letzten Woche vor den Feiertagen war der Unbekannte plötzlich wieder vor der Universität. Ich erkannte ihn sofort und ging lächelnd auf ihn zu.

„Ich freue mich sie wieder zu sehen. Ich hatte schon befürchtet, dass sie Peter und mir zu viel versprochen hätten."

Der schaute mir tief in die Augen und sagte: „Weshalb sollte ich etwas Unmögliches versprechen und so eine schöne Frau enttäuschen?" Ich wurde nervös, denn der Mann sah wirklich gut aus und ich versuchte mit der Frage ob er Neuigkeiten hätte, mich etwas zu fangen.

„Falls sie nach Dienstschluss nichts Besseres vorhaben, könnte ich Ihnen bei einem Glas Wein von meinen Recherchen berichten", antwortete er.

Der Tag zog sich dahin. Ich konnte es kaum erwarten, Neuigkeiten von drüben zu erfahren. Denn obwohl ich geflohen war, so blieb drüben doch meine Heimat und insgeheim plagte mich das Heimweh, ich willigte ein. Um ehrlich zu sein, der geheimnisvolle Fremde beeindruckte mich, sein Äußeres zog mich in den Bann.

Wir saßen uns in der Weinstube gegenüber und er hatte noch immer nicht erzählt, ob er meinen Günther getroffen hätte. Mit aller Ruhe beauftragte er eine Flasche Wein zum Tagesmenü: Champion Schnitzel mit Spätzle. Ich könnte vor Aufregung keinen Bissen runter würgen, deshalb verneinte ich heftig seinen Vorschlag, auch für mich dasselbe zu bestellen.

Er nahm das Weinglas, prostete mir zu und antwortete ruhig als ob er nicht verstanden hätte: „Auf diesen schönen Abend mit Ihnen, Thea." Diese Worte machten mich wütend, was wollte der Fremde von mir, ich stand auf und wollte gehen, doch seine nächsten Worte hielten mich zurück. Ich setzte mich wieder auf meinen Platz und starrte ihn an, denn er sagte lächelnd:

„Übrigens, wurden die Fensterläden des Hauses von Ihnen so hübsch mit roter Farbe verziert?"

„Sie waren also wirklich bei unserem Haus an der Grenze?"

Er schaute mich wieder so rätselhaft an und sagte: „Weshalb zweifeln Sie an meinem Wort, gibt es einen Grund mir zu misstrauen?"

Ich entschuldigte mich für mein Verhalten. Inzwischen wurde sein Essen gebracht, er aß genüsslich und ich trank während dessen zwei Glas Wein. Ich wurde insgeheim immer zorniger auf diesen Fremden, weil er mich offensichtlich bewusst so quälte, und nichts von seinen Recherchen preisgab.

Während ich nervös an meinem Getränk nippte, versuchte ich mich abzulenken und betrachtete mein Gegenüber genauer. Was steckt hinter dieser Person? Das Äußere verriet nicht viel. Er trug eine sportliche beige Cordhose, dazu ein hellgrünes Hemd, darüber ein Tweed-Sakko mit Brauntönen. Er wirkte sehr gepflegt und obwohl die Kleidung dezent war, konnte man erkennen, dass es keine Billigware ist, sondern von ihm wahrscheinlich in einem englischen Laden gekauft wurde. Mit welchen Geschäften verdiente der Mann sein Geld, dass er dies sich leisten konnte? Ich fragte mich auch, welchen Grund gab es für ihn, mir bei meiner Suche nach Günther zu helfen? Ich konnte ihn sicher nicht bezahlen. War er meinem Schwager Peter etwas schuldig? All diese Gedanken lenkten mich ab jedoch beruhigten sie mich nicht.

Nach endloser Zeit war er mit dem Essen fertig, erhob sein Glas auf mein Wohl und sagte:

„Ich bin der Volker und du die Thea?" Ich stotterte als Antwort: „ Auf unsere Gesundheit, mein Name ist Theresa..." Es blieb mir nichts anderes übrig als zu sagen: „Auf dein Wohl, Volker".

Daraufhin begann er endlich zu berichten: „Das Haus an der Grenze ist zurzeit unbewohnt, schade, es sieht sehr hübsch aus mit den roten Fensterläden. Meine Nachforschung ergab Folgendes: Ein Grenzsoldat mit dieser Wohnanschrift wurde im Herbst 1988 nach Berlin versetzt. Eure Flucht in den Westen hatte ihm offensichtlich nicht in seiner Karriere geschadet. Im Gegenteil, er wurde von einem unbedeutenden Posten an der Grenze sogar zu einem wichtigen Posten versetzt. Auch einen höheren Dienstgrad erhielt nach einigen Monaten, das verdankte er sicher seinen guten Beziehungen zur Staatssicherheit Leider waren die letzten Wochen sehr turbulent und ich konnte nicht seinen derzeitigen Aufenthaltsort ausfindig machen."

Das war`s, eigentlich wusste ich nun genauso viel wie bisher. Volker erkannte meine Enttäuschung und wollte mich trösten. „Theresa, die letzten Wochen seit der Öffnung der Grenzen stellte alles auf den Kopf. Niemand kann oder konnte diese politische Entwicklung voraussehen. Wahrscheinlich wird dein Mann sich bald bei euch melden. Er hat ja die Adresse deiner Schwester in Kassel Und wenn er nur irgendeinen kleinen Funken Verstand hat, dann sucht er dort zuerst nach euch."

Volker hatte Recht, ich musste einfach vertrauen lernen und warten. Meine Ungeduld ist und bleibt meine große Charakterschwäche.

„Volker, du hast dich sehr bemüht, ich danke für deine Hilfe. Darf ich dich als Gegenleistung heute einladen? Du weißt sicher von Peter dass ich knapp über die Runden komme, ein Honorar kann ich leider nicht bezahlen."

Dieser antwortete: „Das kommt überhaupt nicht in Frage, das wäre noch schöner, wenn ich von einer Frau bezahlt würde. Wenn du mir einen Gefallen erweisen willst, so treffen wir uns bald wieder. Heuer fahre ich nicht mehr weg. Ich gebe dir die Visitenkarte mit meiner Adresse und

Telefon-Nummer, es wäre schön, wenn du dich melden würdest. Falls du drauf vergessen solltest, ich kann dich ja immer am Arbeitsplatz in der Uni erreichen. Wenn du dich nicht melden solltest, stehe ich vielleicht irgendwann ganz plötzlich vor dir"

Ich versuchte, so neutral als möglich zu antworten. „Ich würde mich freuen."

Mein Innerstes war aufgewühlt. Einerseits war ich stolz dass der Mann mit mir ausgehen wollte, andererseits fürchtete ich, dass er es aus Mitleid tat. Meine Behinderung wegen meines fehlenden Unterschenkels konnte nicht übersehen werden. Die Prothese drückte oft und mein Hinken zehrte an meinem Selbstbewusstsein.

Das Wiedersehen mit Volker kam früher als gedacht. Wir trafen uns bei der Geburtstagsfeier meiner Schwester Hilde. Ich war auch eingeladen. Weil das Essen in einem Lokal der Innenstadt an einem Freitag-Abend stattfand, konnte ich teilnehmen. Die Wochenenden blieben Lisa und Karsten vorbehalten.

Als ich ihn sah, war ich anfangs ein wenig verwirrt, außer mir und den Schwiegereltern von Hilde war nur ein befreundetes Paar anwesend. Und Volker. Allein ohne weibliche Begleitung. Weil ich auch ohne Günther kam, der sich noch

nicht gemeldet hatte, wurde er mein Tischpartner.
Er verstand es zum Glück gut, meine
Verklemmtheit aufzulockern. Es wurde ein sehr
unterhaltsamer, gelungener Abend für uns alle.
Ich konnte mich nicht entsinnen, je so eine
gepflegte, lockere Diskussion erlebt zu haben.
Dies wäre früher nie möglich gewesen, denn
jeder hatte Angst, denunziert zu werden.

21. 9. 2014

Die Sommergewitter waren vorüber gezogen,
ich fühle mich wieder etwas besser. Obwohl das
Thermometer ab und zu noch hochklettert,
schwitze ich nicht mehr. Die Gedanken an die
Jahre nach 1988 die mein ganzes Leben
durchbeutelten wie eine Wäscheschleuder
trockneten mein Gehirn aus. Diese Rückschau
lässt mich frösteln. Alles was passiert ist, lag
nicht in meiner Hand, es geschah einfach. Ich
konnte nicht verhindern, nichts ändern. Mein
Bein war kaputt, ich musste mich damit abfinden.
Die Hoffnung auf ein Wiedersehen mit meinem
Mann Günther, dem Vater von Karsten und Lena,
verstärkte sich durch die die Ereignisse vom
November 1989. Die Mauer war gefallen, der
Grenzzaun bedeutungslos, gefahrlos.

Wenn wir wieder eine Familie wären, würden wir die Kinder in unsere Obhut bringen dürfen. Endlich könnten meine Kinder, mein Mann und ich in Freiheit leben. Das war meine Hoffnung.

Volker, der Bekannte von Peter würde mir dabei behilflich sein, Günther zu finden. Dieser hielt sein Wort, das hatte er bewiesen. Auf der Suche nach ihm entdeckte er unser letztes bewohntes Haus. Er konnte nicht wissen, mit welcher Farbe ich die Fensterläden damals gestrichen hatte, deshalb glaubte ich ihm. Er war dort, das Haus stand leer, Günther war verschwunden. Heute denke ich, was wäre, wenn ich Günther nie wieder getroffen hätte? Wenn er einfach drüben geblieben wäre, in seiner geliebten Heimat?

So sollte es nicht sein. Er stand am 21. November 1990, einem nebeligen November-Abend plötzlich vor meiner Haustür. Mein Ehemann Günther. Ich weiß noch, wie ich erschrak, als ein fremder Mann die Tür öffnete und rief. „Hallo, wohnt hier Theresa Mertens?" Anschließend sagte er in einem vorwurfsvollen Ton: „ Also hier habt ihr euch versteckt." Nur durch seine Stimme erkannte ich ihn. Er war kaum wieder zu erkennen. Dieser ungepflegte, unrasierte Mann sollte Günther sein? Der Günther, den ich kannte, war ein gepflegter Mann mit militärisch kurzem Haarschnitt gewesen. Nun hingen seine Haare lang und wirr bis in die Stirn.

Seine Begrüßung tat mir weh. Ich hatte mich nicht versteckt, im Gegenteil, ich ließ nach ihm suchen. Später erfuhr ich, dass er seit dem Dezember 1989 bei einem ehemaligen Kameraden Unterschlupf gefunden hatte. Weil das Ersparte in seinem Portemonnaie zur Neige ging, meldete er sich bei meiner Schwester Hilde, die ihm meine Wohnadresse bekannt gab.

Nach der Schrecksekunde umarmte ich ihn und bot ihm sogleich einen Kaffee an. Er setzte sich zögernd auf den Küchenstuhl. Mein Herz klopfte vor Freude als ich zu ihm sagte: „Nun wird alles gut, weil du da bist. Wir dürfen unsere Kinder zu uns holen. Bisher durfte ich nur an den Wochenenden Karsten und Lena besuchen."

Günther schaut missmutig drein. „In dieser winzigen Bleibe sollen vier Personen hausen? Wie stellst du dir das vor? Das ist also dein Traumziel. Dafür hast du das Leben unserer Kinder aufs Spiel gesetzt."

Er blieb trotzdem in meiner Wohnung, machte sich breit und nahm mir alles Selbstvertrauen, das ich mühsam erarbeitet hatte. Ich fürchtete mich sehr vor dem ersten gemeinsamen Abend ins Bett zu gehen. Als ich noch allein war, legte ich meine Unterschenkel-Prothese stets neben mir ins zweite Bett. Sie drückte zu sehr und das Schlafen war so eine Wohltat. Ich schämte mich wegen meines entstellten Beines.

Allerdings war meine Furcht unbegründet, er legte sich gleich in das kleine Kabinett, das als Kinderzimmer vorgesehen war. Am Morgen, als ich zur Arbeit ging, schlief er noch.

25. 9. 2014

Einige Tage konnte ich nicht schreiben, die Erinnerungen waren zu stark und gewaltig. Günther und ich zogen einige Monate später in eine größere Wohnung in der Straße gegenüber. Die Kinder durften zu uns. Wir waren offiziell eine Familie. Ich verdiente den Lebensunterhalt und Günther versuchte sich in einigen Jobs, gab nach wenigen Wochen wieder auf, bis er wieder etwas Neues suchte und fand, das wiederum nicht seines war. Nach einem halben Jahr verschwand er. Ich hoffte, und wartete. Er kam nach ein paar Wochen wieder, jedoch blieb er nur kurze Zeit. Dieses Spiel vollzog er mit mir jahrelang. Ohne Vorwarnung kam und ging er, wie es ihm einfiel. All meine Bemühungen, die Familie intakt und vollständig zu halten, scheiterten. Die Jahre flossen wie ein reißender Fluss gewaltig und gefährlich dahin. Lena und Karsten erwiesen sich zu meinem Glück als tüchtige, lernwillige Kinder. Sie waren, sie sind meine Stütze. Ich brauche sie heute mehr denn je.

An die geistige und physische Abwesenheit meines Ehemannes musste ich mich gewöhnen.

Günther Mertens 2008

Günther Mertens stand wieder einmal auf der Straße im wahrsten Sinne des Wortes. Zwanzig Jahre war es her, als das Schwein den Grenz-Zaun beschädigte. Der Befehl, kam, sofort zu reparieren. Code-Wort: Der Drache beißt sich in den Schwanz. Wer sich solch lächerliche Geheimwörter ausdachte, der musste bescheuert sein. Nur wegen diesem kindischen Satz wurde damals seine Tochter Lena aufmerksam und verriet das Geheimnis ihrer Mutter. Die wollte schon längst in den Westen emigrieren. Diese Gelegenheit nützte sie und riskierte das Leben und die Gesundheit ihrer Kinder. Nur weil sie selber schwer verletzt wurde, spricht er sie nicht frei von Schuld. Sie büßt hinkend seither ihre Tat ihr Leben lang.

Beide wurden Fremde in einem fremden Land. Die sogenannte Wiedervereinigung blieb ein Traum. Seinerzeit im Frühjahr 1989 war er bei einem Parteikongress anwesend. Der Arbeiter- und Bauernstaat plante eine grundsätzliche Wirtschaftspolitik. Es sollte eine zentrale Planung abgeschafft werden. Das Geld sollte künftig Maßstab für die Leistung sein. Die Kombinate und Betriebe sollten eigenverantwortlich werden. Der Vorschlag des Redners sah weiter vor. Es müsse eine neue Stufe der Zusammenarbeit mit der UdSSR geben. Außerdem soll es eine konstruktive Zusammenarbeit mit der Bundesrepublik mit Frankreich, Österreich und Japan geben. Mit diesen Vorschlägen wird betont, die Zahlungsfähigkeit ist unvermeidbar. Trotz allem schloss die DDR jene Idee der Wiedervereinigung nicht aus.

Das konnte Günther sich beim besten Willen nicht vorstellen. Geradezu abenteuerlich, fast kindisch klang für ihn, was als Gegenleistung für so viel Entgegenkommen anzubieten wäre. Die DDR wäre bereit, die Hauptstadt Berlin-West gemeinsam für die Durchführung der Olympischen Spiele 2004 bewerben zu wollen.

Damals war er noch hoffnungsvoll gewesen. Irgendwann wird er seine Kinder und auch seine Frau wieder zurück nach Ostberlin holen. Es sollte wieder Ordnung in ihr Familienleben kommen.

Leider kam alles anders.

Thea war eine fremde Frau für ihn. Ihre Arbeit bei der Uni machten sie unnahbar und stolz. Ihre Behinderung versteckte sie wo sie nur konnte. Weil sie ihr eigenes Westmark-Konto bei der Bank hatte, wurde sie unabhängig von ihm. Er verdiente nicht genug, um eine eigene Wohnung längerfristig zu finanzieren. Stets gab es einen Rückschlag mit Kündigung. So blieb ihm keine Wahl, er zu wieder nach Kassel zu ihr. Sie überließ ihm die Hausschlüssel. Wenn er ging, wurde nicht gefragt, wohin, wenn er kam fragte niemand warum, oder wo warst du die letzten Monate.

Er erzählte nie, dass er all die Jahre von diesem Mann verfolgt wurde. Sie wusste auch nichts von den Schüssen an der Grenze, nichts von dem Paar, das durch seinen Kugelhagel starb. In seinen Träumen sah er seither oft das Blut, das schreiende Kind. Dann wieder diesen erwachsenen Mann, der wie sein Schatten stets auftauchte, wieder verschwand. Der sein Auto mit der Aufschrift Mörder beschmierte. Ständig war er auf der Flucht vor diesem Verfolger. Wenn er dachte, er sei ihn endlich los. Als er nach Rostock zog und im Hafen als Arbeiter an einem Frachtschiff anheuerte, dachte er sein Verfolger habe seine Spur verloren. Von wegen. Kaum war am Schiff, gab es einen Matrosen, der ihm bekannt vorkam. War es sein Verfolger? Vielleicht war er es auch nicht, denn dieser sprach ihn nie an. Während der Überfahrt von Rostock nach Kopenhagen und zurück war er nervös und erwartete täglich, dass seine Kajüte mit der Aufschrift Mörder beschriftet wird. Nichts geschah. Anschließend fuhr er wieder nach Kassel. Die Hochzeit von Karsten wurde gefeiert, zum Glück war er zufällig wieder einmal zu Hause.

26. 9. 2014

Heute ist ein Gedenktag für mich. Eine Kerze am Schreibtisch soll Licht in die Trauer bringen. Vor sechs Jahren erfuhr ich von Günthers Tod. Die Erinnerung daran schmerzt noch immer ein wenig, wie an jenen Abend: Müde von einem arbeitsreichen Tag schloss ich die Tür hinter mir und wollte mich ausruhen. Das Läuten an der Wohnungstür erschreckte mich, denn alle meine Lieben besaßen einen Schlüssel. Auch wenn Günther sich immer nur sporadisch bei mir einquartierte, so achtete ich ihn als den Vater unserer Kinder. In unserer neuen Heimat hatte er nie einen Finanz Beitrag geleistet. Seinerzeit in der DDR verdiente er genug für unseren Lebensunterhalt und ich versorgte Kinder und Haus. Hier im Westen durfte er bei mir wohnen so lange und so oft er wollte. Er kam und ging, wie es ihm gefiel. Seine Abwesenheit verwunderte mich schon lange nicht mehr. Er konnte meine Behinderung nicht ertragen. Ab und zu sah er mich mitleidig an, aber im Geheimen verachtete er mich wegen meiner Flucht in den Westen.

Seit der Hochzeit von Lena wurde sein Verhalten noch schwieriger und aggressiver. Eines Nachts, als er wieder einmal am Küchentisch saß, um sich zu betrinken, setzte ich mich zu ihm.

„Günther, du wirkst in letzter Zeit krank. Willst du nicht einen Arzt aufsuchen. Lena und Karsten sprachen mich vorige Woche darauf an. Sie wollen dir auch helfen, sag ihnen, wenn du Hilfe brauchst." Er schaute mich mit traurigen Augen an, dieser Blick war mir neu. Wollte er mir was sagen? Seine Tränensäcke zuckten, wurden wässrig, das einst so hübsche Männergesicht, in das ich mich verliebt hatte, wies tiefe Spuren eines exzessiven Alkohol-Konsums auf. Schrecklich für mich, die beide Gesichter kannte.

Ich bereitete zwei Tassen Tee und wartete. Er begann zögernd, doch dann brach es aus ihm heraus.

Er erzählte von der unheimlichen Begegnung am Hochzeitstag von Lena. Er berichtete von seiner Schuld als Grenz-Soldat, als er auf zwei flüchtende Menschen geschossen hatte. Es kam ihm nie zuvor der Gedanke über Menschenrecht, oder Unrecht, je nach Betrachtungsweise, in den Sinn. Sie hatten doch Schießbefehl damals. Was sie taten, war doch in Ordnung, oder? Gehorsame Soldaten und Beschützer ihres Vaterlandes, das waren sie. Auch vorbildliche Eltern."

So gut ich konnte, tröstete ich ihn und bedrängte ihn, morgen über einen Arzt-Termin nachzudenken und Hilfe anzunehmen. Er nickte, weshalb ich seine Zustimmung voraussetzte und wir verabschiedeten uns für die Nachtruhe. Er ging in das Gästezimmer, ich in das Schlafzimmer, so wie wir es gewohnt waren.

Am nächsten Morgen war er weg. Wieder einmal. Das war mir nicht neu, in all den Jahren kam und ging er oft. Ich wusste nie wohin. Ich dachte, vielleicht ist er diesmal zu Lena gegangen und verscheuchte die Gedanken an Günther aus meinem Kopf. Der Büro-Alltag war zu dieser Zeit besonders hektisch, sodass ich an ihn erst wieder erinnert wurde, als der Anruf mit der Todesnachricht kam.

In den frühen Morgenstunden war er von der Autobahnbrücke in die Tiefe gesprungen. Mit dieser Verzweiflungstat gelang es ihm, sich von seinen Alpträumen zu befreien. Er wollte keine Hilfe annehmen.

Bei seiner Beisetzung stand bei den anderen Trauergästen ein fremder junger Mann. Da hörte ich auf einmal knapp hinter mir einen Seufzer. Stark aufbrechend, aus gequälter Brust und noch mit ihm flehentlich verschmolzen, die Worte: „Nun ist alles gut, jeder zahlt für seine Tat. "So wild, so elementar war diese Stimme aus einem bedrückten Gefühl, als hätte es der Tote selbst gesagt. Ich erkannte in ihm Günthers Alptraum und Stalker. Ich schaute ihn an, sagte kein Wort und hinkte gestützt von Karsten und Lena weiter. Sein Hunger nach Rache wird nie gestillt werden. Der Mann tat mir leid. Mit Günthers Tod wird er nicht seinen Frieden finden.

Die Kerze war ausgebrannt. Die vielen Worte geschrieben, ich überlege krampfhaft was ich als Nächstes tun wollte. Ich lese und versuche mich wieder zu erinnern. Heute gelingt es nicht. Die Vorhänge am Fenster, wer hat die ausgesucht?

137

Die Zeit war verschmolzen in dieser furchtbaren Schwüle. Die Stunden zerkocht, zergangen in heißer, sinnloser Träumerei. Ich fühle nichts, als den brennenden Wunsch nach Frieden und Freiheit. Da war es wieder einmal in mir, als ob in der Natur ein Atmen ginge als ob die Wunscherfüllung nach Freiheit von irgendwo her käme. Wie damals die unstillbare Sehnsucht von westwärts auf mich einströmte. War das nicht der Wind? Ich hatte schon vergessen, wie das war. Zu lange hatte mein Herz diese Sehnsucht nicht gespürt. Ich raffte mich auf und ging hinaus. Im Winkel des Dachschattens schauten die Bäume hervor. Sie begannen ganz leise zu schwanken, als neigen sie sich flüsternd einander zu. Unwillkürlich krampften sich meine Finger als könnten sie die Wolken festhalten. Blauschwarz kamen sie wie von unsichtbarer Hand geschoben, auf mich zu. Wie der eiserne Vorhang senkte sich allmählich bleierner Himmel nieder und nieder. Mir blieb nichts übrig als zu warten.

So blieb ich sitzen, auf einem Rohrsessel, halb entkleidet, in einem willenlosen Warten auf das Kommende.

Lena und Karsten würden mich abholen, das versprachen sie. Sie hatten eine Wohnung in der Nähe der Stadt Bebra gefunden. Diese sei ideal für mich und für sie. Sie wären sorgloser. Eine Straßenecke daneben gäbe es ein Seniorenheim. Wie praktisch. Die nächsten Umzüge würden so nur wenige Meter benötigen. Und eine Betreuung für mich könnte man so leichter und preiswerter finden. Sie wissen, nicht, weshalb ich diese Stadt gewählt habe. Es standen einige Städte zur Wahl. Ich wollte zurück zu den Anfängen. Dort habe ich die Grenze nach Westen überschritten.

Noch einen Grund gibt es. In den letzten Jahren hat Volker mittels Internet mit mir Kontakt aufgenommen. Wir schreiben uns regelmäßig. Wir werden sehen, was kommt. Mein Blut war von der Hitze aufgeheizt. Überall wo ich hinsah, war die gleiche Erwartung, die Erde hatte sich gedehnt. Mein kaputtes Bein, das Zeit meines Lebens im Westen, eine schwere Last gewesen ist. Diese Last wurde von mir befreit. Ich nehme mich, so wie ich bin.